Ⓢ新潮新書

嵐山光三郎
ARASHIYAMA Kozaburo

死ぬための教養

004

新潮社

2001年、59歳。『堕落論』の坂口安吾になりきる。

（撮影・坂口綱男）

死ぬための教養　目次

はじめに――なぜ「死ぬための教養」が必要か

人間は死にます。

天才的養生家であろうが、不老長寿の薬を手に入れようが、悟達した高僧であれ、肉体を鍛えぬいた仙人であれ、だれも「死」からは逃れることはできません。人類はこの普遍的恐怖と闘い、さまざまな処方箋を考えてきました。その最大なるものは宗教です。人間は極楽往生と死後の平安、神の国を信じることによって、魂の永遠性を希求してきました。キリスト教でも、仏教でも、イスラム教、あるいはいっさいの他の宗教でも、この世は仮の世であり、死後に本当の世界があるのだと説いてきました。

仏教では、この世を無常として、いっさいのものは生滅、変化して常住しないと考えます。無常迅速とは人の世の移り変りが早いことで、歳日は人を待ちません。私が無常という言葉に出会ったのは、中学生のころ、兼好の『徒然草』を読んだときでした。兼好は人間世界の無常を、人間であることの運命として受けとめ「この世は無常であるから趣きがある」と言っております。人間が百五十歳、二百歳まで生きてしまったら、恥をさらして人間であることの尊厳が失われてしまうことになります。人間は期限つきの消耗品であるところに趣きがあるのです。

兼好は人間世界の真相を無常の目で言い切りました。「一瞬の怠けは一生の怠けとなる」「ほとんどの話は、むだな話である」「用事もないのに他人のところへ行くな」といった断定は、若いころの私の心へぐさりと突きささりました。兼好の無常観は「もののあわれ」の美意識につながっていきます。桜の花はまっさかりがいいのではなく、日はかげりもなく輝いているときだけがいいのではない、という美意識です。それは「成就しない恋がいい」という考えにつながっていきます。

兼好の時代には蒙古襲来という大事件がおこりました。かろうじて撃退したものの、鎌倉幕府は対処法にゆきづまっていました。京の町には、悪党、天狗、妖怪がでるという噂が出た時代です。こういった世間に背をむけて出家して、一人で山里に暮らす隠者がたくさん現れ、彼らが書いた文学を隠者文学といいます。兼好もそのひとりでした。

私は、大学では隠者文学を専攻し、隠者の生活にあこがれていました。しかし、現実には隠者では生活していけず、出版社に就職し、三十八歳で社をやめるまでは、つんのめるように仕事をして、隠者とはまるで逆の生活をつづけてまいりました。社をやめてからは、「これで隠者になれる」と安堵しながらも、さらにめまぐるしい日々となり、時間に追われて、なにがなんだかわからぬうちに還暦を迎え、いっこうに隠者的心境には到達し得ません。兼好は、「人は死んでも来世がある、ということを忘れてはいけない。仏の道に親しんで、仏から遠ざかってはならぬ」（『徒然草』四段）と説いておりますが、そのじつ来世などはさほど信じていない人でした。兼好が出家して捨てたのは、現実の世ではなく、俗世間のわずらわしさでした。そこに、現実主義者としての兼好の姿があり、いまなお、兼好が多くの人々に読まれる要因があります。

兼好は「人の死にぎわの様子を伝える人が『平静でとりみだすことがなかった』と言えばいいのに、おろかな者が、ありがたい話をつけ加えて、臨終の言葉やふるまいをいいように脚色してほめるのは、死者の本人にそむくことにもなる」と言っています。「臨終という人生の一大事にあたっては、神や仏のような人でも立派であるとは限らず、博学の人でもどうなるか予測できない。死ぬ本人がとり乱さなければよいのだ」(『徒然草』百四十三段)というのです。

「死ぬ本人がとり乱さない」ためには、「ひたすら仏を信じろ」というのが兼好の教えですが、この世は右も左も仏の顔をした鬼ばかりです。死んで墓に入るのにも金がいる、という世の中です。死してなお骨が休まりそうもありません。では、どうしたらいいのか、と思い悩んだことが、この本を書くに至った動機です。

宗教を信じて死ぬことができる人は、それは信じる力を持った人です。死後の世界を信じることができる人は、精神力が強く、パワーがある。しかし、無常を説いた兼好ですら、本心から来世を信じていたわけではなく、「信じよう」と努力していただけなのです。

宗教に帰依していない人は、自己の死をどう受け入れていけばいいのでしょうか。私自身は、来世はない、と考えております。死ねばそれっきり。死は人間の終りで、死んだ時点ですべてが完結し、あとは無です。「生きてる人の世の中」とはまことにうまいことを言ったもので、この世は生者のためだけに存在するのです。生きているうちだけが人間なのです。

生理学的に考察すると、人は死ぬとき、最後の最後に自分の死を受け入れることへの抵抗を試みようとします。交通事故などの一瞬ですんでしまえば、そんなことは考える暇もないうちにすんでしまいます。それでも即死せずに、数時間手当てされて死ぬ場合は、「このままでは死ねない」ともがき「なぜ自分だけ死ぬのだ」という葛藤に苦しみます。数時間が数日間にわたれば、それはいっそうの苦しみとなります。それは痛みによる苦しみとは別に、「死を受け入れる」決意の葛藤といってよいでしょう。また、不治の病を宣告され「あと一年間の寿命」と知れば自分の死を納得するためには、一定の教養が必要となります。一定の教養とは、「死の意味」を知る作業に他なりません。それは極限に置かれた人間の最後の葛藤といってよいでしょう。いかに悟っていても、自己の終焉を納得するのは難しい。

現代は兼好の時代に比してさまざまな情報や科学知識がひろまっています。現代人は、知らず知らずのうちに「知識人化」しているのです。たとえば、医学に対して、医者以上の知識をもっている患者がいます。医師や宗教家は、患者を延命する術、安心して死に向かわせる法を心得ています。しかし、いざ自分が死ぬ番になったときは、どんな人でも、自分以下の教養しかない者の言うことを信じられません。

私は「死にたい」という思いにかられたことは幾度かあります。しかしながら具体的に自殺を試みたことはありません。「自殺しなくても人間はいつかは死ぬ」ということを知っているからですが、これは教養というほどのものではなく、死へのおびえからきた言い訳にすぎません。死ぬ寸前にまでいったことは何度かあります。最初は戦火に焼かれそうになったとき。川で溺れたとき。八歳のときは腸閉塞で死ぬところでした。苦しさのあまり、医者にむかって「殺してくれ」と懇願したという話を親からききました。しかし、死線を蛍火のように飛びながら「まだ死にたくない」という意志だけはありました。それは、人間の本能だと思うのです。インド洋で船が沈没したときも、夜の海に浮いたボートにつかまりながら、ひたすら「死んでなるものか」と念じつつ「このまま死んだらどうなるのだろう」という不安に襲われました。そのときも、神の力などは信じられず、ひたすら自分の力だけが頼りでした。

宗教を信じられない人間には、ただ「死ぬための教養」だけが必要となります。いざとなったら、死に対する教養のみが、自己の死を受け入れる処方箋となるのです。死は、思わぬときに、ふいに襲ってきます。それは恐怖であるとともに最後の「愉しみ」ですらあるのです。宗教を信じなくとも、平穏に死を受け入れるためには、どのような知恵をつければいいのか。この本は読者にむけての処方箋であると同時に、私自身へむけての覚悟でもあるのです。

「自己の死」を受け入れる力は、宗教ではなくて教養であります。死の意味を知るために人間は生きているといってもいいのです。

不治の病を宣告された者は、最後の力をふりしぼって「闘病記」を書きます。タレントやスポーツマンなど有名人の闘病記は、死後出版されれば、死者の魂が読者の心に棲みつき、死の恐怖から幾分かは逃げのびられますし、闘病記を書くことによって、死の恐怖を忘れる効用があります。本が売れれば遺族へ若干の金が入り、葬式代ぐらいは稼げます。しかしながら、「闘病記」は、死を目前にした正常ではない視点が入りますから、お涙頂戴ものになるか、それまでの人生の言い訳になりがちで、純粋なる死の意味とはいささか違ってきます。「闘病記」は物語なのであり、腕のいい人が書けばいいが、その多くは力がありません。

小説家には確信犯として自殺をする者がおります。自分の死は最大のドラマですから、表現を身上とする職業のものには最も魅惑的なテーマなのです。近代文学者の三大自殺は、芥川龍之介、太宰治、三島由紀夫でした。芥川は文学を死の友とし、三島は思想で武装しました。三人ともプロで、自殺へむけての周到なアリバイを用意したものの、自殺したいという根源的理由は巧みに隠されています。したがって、自殺願望の小説家が企てた確信的弁明でさえ、「死の意味」を語りつくしているとは限りません。

となると、「死ぬための教養」は、精神が健康状態であるときに、虚無におちいることなく、冷静かつ科学的、実証的に書かれたものである必要があるのです。まさか死なないだろう、と考えているときにこそ「死ぬための教養」を身につける必要があるのです。そのためには、まず、私の死にかけた体験からお話しいたしましょう。

第一章　一九八七年、四十五歳。生まれて初めての吐血

血を吐いた程度じゃ死ねない

一九八七年二月十五日、私は自宅で血を吐きました。生まれてはじめての吐血でした。四十五歳のときです。

その前日、雑誌の対談が都内の料理店であり、少なからず酒を飲み、夜遅くタクシーで自宅に帰ったときは、なんの前ぶれもありませんでした。いつもと同じような体調で、風呂に入り、缶ビールを飲んで、夜中の二時頃には、床に着きました。翌朝は、いつものように九時半に起きて、二階のトイレに行きました。小便を済ますと、うっと胃からせり上がってくるものがある。私は胃が丈夫で、どんなに飲んでもめったに嘔吐はしません。「おや、なんだろう、これは」と、思っていると、白い便器の上に、お銚子一本分くらいの血が散ったのです。

なにせ、生まれてはじめての吐血ですから、いささか驚きました。頭に浮かんだのが、友人である主治医、庭瀬康二の顔でした。

「かくかくしかじかで血を吐いた。どうすればよいか……」

ドクトル庭瀬に電話すると、とにかくそのまま安静にしてしばらく寝ていろ、と言います。私はその助言にしたがい、布団に横になりました。

それから、一時間くらいたちましたでしょうか、またしても胃がむかむかしました。

「ああ、また、きたなあ」

再び、トイレに駆け込みますと、今度は喉が消防車の放水ホースのようになって大量の血が噴出し、目の前が白くなったまま倒れこみ、その後のことはまったく覚えておりません――。

気がついたのは、都立府中病院の集中治療室のベッドの上でした。

あとで、妻に聞いたところでは、バケツ一杯分の血を吐いたそうです。大量に吐血したため、体内の血が急減して、急性貧血を起こしたのです。

急性胃潰瘍による吐血で、血圧は三十まで下がりました。もし、吐血した場所が道路で、そのまま放っておかれたら確実に死んでいたはずで、「自宅にいたのは、まことに運が良い」と府中病院の医師に言われました。

トイレで吐いたあとは、まったく記憶がないのですから、便器に顔を突っ込んで失神していれば、何の恐怖もなしにストンと死んでいたわけです。ぶざまな死に方ですが、そのまま死ねば、この本を書くこともなかった。

男の四十五歳というのは、肉体、精神ともに非常に元気なときで、厄年の四十二歳も過ぎ、ますます仕事の量は増え、自分ではまったくどこも悪いところがないと思っていた頃でした。そのため、この吐血は大変なショックでした。

十六年間勤めた平凡社を辞め、独立して出版社をおこし、テレビの番組にも出ていた上り調子の頃、いまから思えば絶頂期です。年収は一億円ありました。それまで年収八百万円だったのが、あっという間に一億円となり、そんな生活が当たりまえとなって、三年ぐらい続いた後のことです。

タモリの人気番組のレギュラーだったこともあり、さまざまなメディアで報じられました。

読売新聞は、二段抜きで「嵐山光三郎が吐血で倒れる」と報じました。スポーツ新聞各紙は、五段抜きぐらい。いまなら一行の記事にもならないでしょうが、そのころは大変な扱いでした。某新聞社の記者には、とぼけた奴がいて、私の家に駆けつけて、子供から私の様子を聞き、うちの電話を使って社に記事を送ってたという話を聞きました。これには腹をたてて、回復してから、その新聞社に文句を言いました。

注射やら輸血やらの応急手当をしてから、病院の医者に命じられるままに、何も食べずに病院のベッドの上で死んだように二日間をうつらうつらと過ごしました。

そうこうするうちに、幾分気分がすぐれておもゆを飲みました。

するとそのとき初めて、「自分はまだ生きているのだ」と気づきました。

気をまぎらわすため、自宅にあった本を家人に何冊か持ってきてもらいました。

そのうちの一冊が松田宏也『**ミニヤコンカ奇跡の生還**』（山溪ノンフィクション・ブックス）でした。松田氏は市川山岳会の隊員として、魔の山ミニヤコンカ（七五五六メートル）にいどみ、仲間の菅原信氏が遭難して死にました。菅原氏を救助に行った中谷武氏も死んだ。そして、松田氏は凍傷により両足をくるぶしの上十センチから切断し、両手の指も切断するに至ってしまいます。その松田氏の生還記は鬼気せまるものがあるわけですが、まだ半分しか読んでいなかったのです。

なにしろこの本には、七二〇〇メートル付近で成田市の「米屋」というメーカーのようかんを手にしている菅原氏の写真が掲載されています。「米屋」のようかんの百本入りを二十箱もらってきたため、そのお礼に七五〇〇メートル以上の高所でもちゃんと食べられたという証拠写真を撮ろうというアイデアでした。

このあと、菅原氏は滑落して死ぬのですが、死は、一瞬にしてやってくる。「米屋」のようかんを持って記念写真に写っている菅原氏は、まさか死ぬとは思っていなかっただろう。

雪山と普通の世界はまるで違う自然環境であるけれども、死は生と隣りあわせです。本の続きを読むと、松田氏は手足を切断しながらも義足をつけ、リハビリをして、また山に登ろうとしている。その後本当に冬の富士山やチベットの八〇〇〇メートル級の山に挑戦しています。その不屈の精神には、「私もこの程度じゃ死ねない」と力づけられました。

物としての自分か、あるいは生命としての自分か

入院三日目、ドクトル庭瀬が私服で診察に来てくれました。ドクトル庭瀬に会いますと、それだけで元気になるのでした。面会謝絶ですが、そんなことおかまいなしです。

おかゆをすすっているのを見て、ドクトル庭瀬は、「そんなもの食っていてはだめだ。あと二日ぐらいしたら肉を食え」と乱暴なことをささやいて帰って行きました。ちなみにドクトル庭瀬は、寺山修司を看取った医師であり、赤瀬川原平、唐十郎、篠原勝之、若松孝二といった無頼漢一味の主治医でもありました。ドクトル庭瀬は理論家で、考えたことを機関銃のようにダダダダッとしゃべり、言っていることの半分はわかりませんが、半分はなんとなくわかるのです。ようするに「肉を食えばいい」ということだけはわかりました。

つぎに読みましたのは、クリスチャン・シャバニス／足立和浩・吉田葉菜・訳『**死をめぐる対話**』(時事通信社)です。

シャバニスは一九三六年生まれの、フランスのジャーナリスト。様々な分野の人を相

手に、死という問題について対話した本です。

入院生活における「ドラマ」は、注射と薬のほかは朝昼晩の食事だけであります。それもほぼ水と変わりない淡泊なおかゆで、精神力はなえていくばかりです。それが繰返されます。窓から外を見ますと、窓枠に囲まれた空だけが唯一の外界とのつながりになります。そして曇り空の光線ですら、衰弱した軀には、まぶしくてしようがない。ラ・ロシュフーコーの「太陽と死は直視することができない」という言葉を思い出しました。

シャバニスの本を開きますと、いきなり訳者まえがきに「太陽と死は直視することができない」という一節が出てきて、「不思議な邂逅だ」と感じました。訳者の足立和浩氏は私と同じことを考えている――。

シャバニスがジャーナリストということと訳者への共感も手伝って、親愛感を持ってこの本にひきずりこまれました。

この一冊は「対話」という形式をとっています。対話という形式は古代ギリシャ時代の哲学者ソクラテス以来の伝統でありまして、対話を通してロゴス（論理）を分かち合う。その共通の理性の場に身を置いて、個人的な独断と偏見から「死」というものを見つめることができるわけです。

この本の中で最初に出てくる生物学者のモーリス・マロワとの対話の中で、マロワはルイ・パスツールが提示した「生命の起源」を話しています。

「ルイ・パスツールが手帳に書きつけた文章を見て、いまだに驚嘆の念を禁じ得ません。」

マロワによれば、パスツールはこう断言していたらしい。

「科学が絶えず進歩すれば、百年後、千年後、あるいは一万年後に生きる学者たちは、永遠なのは生命であって物質ではないと言わざるを得なくなるだろう。われわれは、物質が先で生命が後だと考える。未来の自然科学者に比べれば限界があるとはいえ、現在のわれわれの知性によっても、それ以外には考えられないからであるが。一万年後には、生命から物質へと移行するのが当たり前のことと考えられるようになるだろう。」

このパスツールの直感に対してマロワは、推論であって科学的な根拠はないと言う。また、確立された科学的な学説とは矛盾するようでありますが、大事なことは、物質と生命のどちらが先にあったのかという一点にあると言うのです。死という問題をベッドの上に寝ながら、つらつらと考えてみますと、物としての自分か、あるいは生命としての自分か、ということばかりを思い、そこのところを堂々巡りするわけです。なにしろ、ほかに考えることはないし、こういうときでないと考えるチャンスはありません。

さらにマロワは、このテーマに関する、常に対立している二つの大きな学説に触れています。

「まず一つは、生命は偶発事であるとする説。生命はこの地球上にしか存在しない、それはほとんどあり得ない出来事であり、偶然がもたらした果実にすぎないのだと。もう一つは、物質の中にいわば生命を約束するものが潜んでいるという説。」

生と死の意味を考える生物学者の回答としては、とりあえず以上のことを提示したいとマロワは言っております。

地球にある元素は他の天体にも存在することが確認されていて、他の天体との違いは物質の「組織化」だけの問題なのだ、と。そして、その結果、生まれた地球上の生命の特徴は、「存続」「征服」「自己表現」「進化」であるとマロワは言います。

「存続」についてはこんなふうに書かれています。

「生命は維持されることに重きを置いているようです。たったひとりの人間を受胎するのに、男性の性腺は一回の射精で二、三億個の精子を放出します（これは西欧全体の人口に匹敵します）。一〇回射精すれば、地球上の全人口に匹敵するわけです。ひとりの女性の卵巣には七億個の卵子が秘められていて、そのうちの四〇〇個が三〇年間の性的生活の二八日ごとに放出されます。一組の夫婦が二人から三人の子供をもうけるチャンスを得るのに、数十億の精子と数億の卵子が使い果たされるわけですね！　生命は存在し続けるためにかくも惜し気なく蕩尽するのです。」

生命は存在し続けるために惜し気なく蕩尽する――というくだりを読みますと、肉体を消耗品として酷使していた、入院前の自分の姿が思い浮かびました。酒を飲んで放蕩していた日々は当然のことであったか、とそのことだけは悦に入りました。

入院して何日かたつと夜、シーンと静まった病室で、人間が死んだらどうなるかということを考えはじめました。正直に言いますと、ものすごく怖くなりました。どうしても自分の死を受け入れることができない。死に対する本能的な恐怖です。このまま死んでしまったら、私の死亡記事は新聞記事で何行になるのだろうか、といった俗なことまで考えました。

個室に移ると、病室には見舞いの花が山のように届きました。自分の葬式を見るようです。横になっていると、テレビ局や出版社から贈られてくる花が、ベッドの周りにどんどん飾られていきます。自分の葬儀場にいる感じなのです。

すると、「今ここで私が死んだら喜ぶやつがいるだろう」「まだやり残したことが山ほどある」と考えはじめて、ここでは死ねないという気持ちがふつふつと湧いてきました。人間何がバネになるかわからないものです。このときまで生かされてきたことのありがたさと無念さが交錯して、この『死をめぐる対話』を読んだのです。

織田作之助に欠けていたのは、人生を薄めて生きる術でした

そのいっぽうで、どうせ死ぬのだったら大往生してみたいという見栄がおこりました。入院中に読み始めた一冊は、佐川章『**大往生事典——作家の死んだ日と死生観**』（講談社＋α文庫・このときは『文学忌歳時記』創林社）です。これは、明治、大正、昭和に生き

た文学者たちの死とその周辺にスポットをあてた「死カタログ」で、○月×日に誰それが、いかなる原因で死んだか、さらにやり遺した仕事は……という「忌づくし」の書です。

講談社版『大往生事典』には、一月二日に檀一雄と野間宏、二十二日、安部公房、三十一日、石川達三。夏——。七月六日、森瑤子、十日、井伏鱒二、二十四日、芥川龍之介、二十六日、吉行淳之介。

文人の死因を調べてみると、一位はがん、以下、結核、自殺、肺炎、脳出血……の順だそうです。「吐血」というのは、ベスト5にも入っていないので、いささか恥ずかしい。それにしても自殺が三位というのはいかにも文人らしい。

ユニークな末期を何人か挙げますと、まずは明治文壇の雄、新聞記者の斎藤緑雨。

「僕本月本日を以て目出度死去致候間此段広告仕候也緑雨斎藤賢」という自分の死亡広告を新聞に出しました。

一九五九（昭和三十四）年に二千数百万円の銀行預金を残して市川の自宅で絶命していた永井荷風。NHKのラジオの録音中に、「私の幸福は……」と言いかけて、絶命した佐藤春夫。あるいは、「死の影がしだいに濃くなって来た頃」に「悪魔がそこにいる」とつぶやいて怯えていた、詩人の萩原朔太郎。娘の文に向かって「じゃ、おれはもう死んじゃうよ」と言って、覚悟を促した幸田露伴。

いろんな人の大往生が日付によって出ています。

私は一九四二年一月十日生まれなので、一月十日に死んだ人は誰かと思って、ページを繰りました。

一九四七(昭和二十二)年一月十日、織田作之助が死んでいます。

織田作之助は、私が大好きな作家であります。肺結核で喀血して死にました。代表作は『夫婦善哉』。太宰治、坂口安吾、檀一雄らとともに戦後無頼派であった人ですが、織田作は大阪に住んでいたため、東京にいた坂口安吾、太宰治とは、そうしょっちゅう会うことはできませんでした。大阪の盛り場で孤独な彷徨の日々をおくりながら死んでいったのです。

織田作之助は敗戦後の日本の荒野を、肩で風を切って生きた無頼なる流浪の作家です。喀血止めの止血剤と覚醒剤のヒロポンを常用し、三十三歳の若さで死にました。死因は肺病とされていますが自殺に近い生涯でした。

　晩年の織田は原稿料のほとんどをヒロポンの注射液に使ってしまいました。内縁の妻昭子の回想によると、一時間に二本打ったそうです。

　織田がヒロポンに溺れさえしなかったら、「昭和の西鶴」になれる可能性がありました。西鶴以上に人間の本性を暴く悪漢小説ができたやもしれません。織田の強みは、大阪の猥雑なる雑踏の臭いを嗅ぎわけ、危ない女にすりより、そこよりしたたかなる甘い味を体得していたところにあります。これほど濃縮なる「小説の素」は、さしもの太宰も持ちあわせておらず、織田のほうが強烈です。織田に欠けていたのは、人生を薄めて生きる術でした。さほどに息せききらず、適度に余裕を持つ処世術は、もとより大阪流ではありませんか。

自分自身の死を経験することはできない

　入院から五日くらいたった頃でしょうか、ドクトル庭瀬に肉を食えと言われたのを思い出し、焼き鳥屋から牛肉の焼いたものをとりよせて食っているうちに、いささか元気になってきて、退院したくなってきました。外を歩けるようになると、血便というのが止まる。便の中に血が入っていると便が黒くなる。それがだんだん薄くなってくる。便を見て、黒さがなくなれば、一応体内の血は止まったという証拠です。血便が薄くなって、右手で黄色い液の入った台をガラガラとひきずりながら、することがないので株の取り引きをして、一晩で七百万円稼ぎました。病院の公衆電話から証券会社に電話して、結局、入院中に三千万円儲けました。原稿を書くのをやめて、そのかわり、集中して新聞の株式欄ばかり読んでいたおかげでしょうか。

暇で株の売買をしていた合間に読んだのが、E・S・シュナイドマン／白井徳満・白井幸子・本間修・訳『**死にゆく時――そして残されるもの**』（誠信書房）でした。

エドウィン・シュナイドマンは、ハーバード大学客員教授で、米国自殺学会会長でもあり創立者でもあります。自殺学会会長と聞くと、何だか自殺を奨励しているようにきこえますが、そうではなくて、自殺をさせないための学会であるとシュナイドマンは説明しております。

以前は興味本位で、小説のネタさがしにぱらぱらと読んでいた本ですが、今度は自分の問題として読もうと思って全部読み直してみました。

第五章に「自己の死と他人の死」があります。

「死には二重の性質がある。そしてこのことが死のもっともきわ立った特質となっている。人は他人の死を経験し感慨にふける。しかし、自分自身の死を経験することはできない。」

そうなのです。人間は自分自身の死を経験することはできない。この一節で、私はまったくそうだということに気がついたのです。これは、あたりまえのことなのに、案外気がつかないことです。

私自身、吐血したまま死んでいれば、こうやって「死」のことを考えることはできなかった。生きていたからこそ、「ふっとあのまま死んでしまったのかな」「死ぬとどうなるのかな」あるいは「こんなところで死にたくない」などと思ったりするのです。生きているからこそ、死を自ら問い詰める時間を得ることができたのです。

死ぬということは、脳が死ぬわけです。意識も肉体とともに死ぬわけですから、人間は自分の死を経験することはできない。肉親の死とか友達や他人の死を経験することはできるが、自分の死を体験することはできないという、至極当然のことに思いあたったのでした。

同様に「誕生」についても、自分は経験できない。

「誕生も死と同じで、誰も、『私は生まれつつある』とか『私は今生まれた』と語る可能性はない。生に属する疑いない行為としての出来事とはいえず、当人以外の人にとっての出来事にすぎないのである。〈中略〉誕生と死という二つの出来事も、出来事の当人にとっては、生にヴィットゲンシュタインの『死は人生の出来事ではない、死の直前に人生は終るのであるから』という

人は、人生に入る時と出る時は、意識がないことを思うと、「生の意識」というものもあやふやで、信用できない気がしてきます。この世は泡沫の夢でもあるのです。

高見順のようにブンガク的につめは伸びやしません

そうこうするうちに、タバコが吸いたくなってきました。胃の病気ですから、絶対にタバコはだめです。別に、胃の患者じゃなくても病院ではタバコは厳禁です。

ところが、夢二画に出てくるような色っぽい看護婦がいまして、医者がいないときに私の部屋に入り込んで来て、「あんた、タバコ吸いたいでしょう?」と擦り寄ってきた。「吸いたい」と言ったら、「アタシのところにおいでよ」と言います。点滴の台をガラガラ引っ張りながら、看護婦に、ナースルームの裏の狭い部屋に連れて行かれました。彼女がマイルドセブン・ライトを自分のバッグから出して、一本抜いて私に差し出し、火も付けてくれました。その時のタバコは、胃にぎりぎりときてそりゃあうまかったです。天使のように思えました。

それから五年ぐらいたってからですか、国立《くにたち》のバーで飲んでいますと、横に色っぽい女が座りました。

「あたしを覚えておりますか」と訊かれました。

最初はわからなかったのですが、よく見たら、あの時、タバコをくれた看護婦でした。彼女はその後、病院をクビになり、ふらふらとひとり暮らしの生活をしていたらしい。どこか遊びに連れて行こうかと考えましたが、面倒なのでやめました。

もう一冊、高見順の『死の淵より』（講談社文芸文庫）を読みました。

高見順の父は福井県知事でしたが、生前の父に一度もまみえることはなかった。女優の高見恭子は娘です。一九〇七（明治四十）年、福井県に生まれて、一九六五（昭和四十）年、東京で没しました。戦後は転向と家庭崩壊のなかで、虚無のどん底を生きた小説家です。この詩集は、死ぬ一年前に出版された、高見順の遺作といえます。冒頭にこうあります。

「食道ガンの手術は去年の十月九日のことだから早くも八ヵ月たった。この八ヵ月の間に私が書きえたものの、これがすべてである。まだ小説は書けない。気力の持続が不可能だからである。詩なら書ける――と言うと詩はラクなようだが、ほんとは詩のほうが気力を要する。」

また、こういう詩の一節がありました。

「つめたい煉瓦の上に
蔦がのびる
夜の底に

時間が重くつもり
死者の爪がのびる」

で、私もつめが伸びている。とても高見順のようにブンガク的につめは伸びやしませんが、病院で『死の淵より』なんてものを読むと、ますます気が滅入ってくる。病室から外を見ると、カラスが窓枠まで飛んできてじっとこっちを見ています。それが何とも不気味でした。私の病室は三階でした。次のページに「三階の窓」という詩がありました。

「窓のそばの大木の枝に
カラスがいっぱい集まってきた
があがあと口々に喚き立てる
あっち行けとおれは手を振って追い立てたが
真黒な鳥どもはびくともしない」

とこちらにも、カラスのことが出てくる。

もう病院にはいられないと考えまして、「一カ月以上は入院せよ」と言われていましたけれども、九日目にしてさっさと退院してしまいました。

不治に近い難病を、笑いによって克服した

吐血した頃の私は、絶頂期にいました。

ですから死ぬことはまったく考えていなかった。絶頂期というのは、なにをやってもうまくいくもので、勝負ごとはすべて勝ち。七連勝して相撲で言えば、あとひとつで勝ち越しだったというときです。そのかわり、その前までの人生は負け続きの七連敗ぐらいしていた。だめだと思うとまた負け、負け……。七連敗したから、そろそろいいことがあるんじゃないかなと思うと、ガーンと「勝ち」がくる。でも注意しなきゃいけないのが、勝ちが続いているときで、負けが、スポーンときます。だからバランスよく悪いこともあったほうがいいのですが、案の定、ちょうど絶頂のときにやられてしまいました。

私は、平凡社を三十八歳で辞めたことで、大きく負けたのです。ドカーンと大負けをした。会社を辞めると今までちやほやしてくれた知人は急に離れていきます。これは相手が薄情なのではなく、しごく当たり前のことです。人は会社のシステムにつくのであって、「人間性」につくわけではありませんから。人間的に尊敬するから上役の言うこ

とを聞くのではなくて、上役が力を持っているから聞いているにすぎない。それをいつの間にか自分の人間性とはき違えてしまう。

私から平凡社『太陽』編集長という肩書きが取れたら、仕事でつきあっていた人が離れていくのは当然のことです。ですので、三十八歳でドカンと負けて大暴落して、ちょうど七年後に盛り返して、四十五で勝って、さあ、これからだというときに吐血でバシーンとやられたという感じでした。

入院中に、大いに元気付けられたのは、ノーマン・カズンズ／松田銑・訳『**笑いと治癒力**』（岩波現代文庫）でした。

ノーマン・カズンズは、一九九〇年、すでにこの世を去っています。米国ニュージャージー州生まれのジャーナリストで、書評・評論誌『サタデー・レビュー』の編集長を三十年務めた男です。『ある編集者のオデッセイ』という本も書いていますし、同じ編集者として私が尊敬していた人物でした。

この本は、闘病記です。不治に近い難病を、文字どおり笑いによって克服した名著です。人間の自然治癒力の可能性について書いてあります。

これを読んで、病院で薬を飲んだり注射をしたり、そういう毎日よりも、病院を出て普通に自宅で自分の好きなようにしたい、と無性に思いました。私は、退院してからは自宅ではタバコを吸いませんでした。病院で禁止されていると、逆に無性に吸いたくなるのです。そんなことも自然に任せようと思って、この本は大変参考になりました。

自然治癒力を信じて、やりたいことをやるというのは、ドクトル庭瀬に言われて肉を食べたところに相通じます。肉を食うと元気が出る。吐血が原因で入院しているのですから、もちろん医者は絶対だめと言うでしょう。一にも二にもおかゆ、おかゆでした。

私が口にしたのは、肉といっても脂身の少ないやつです。紀ノ国屋で、ふだんなら買わない高い肉、キロ一万円ぐらいの脂身のない赤身のステーキ用の肉を買ってきて、それをサイコロ状に切って、レアの塩焼きにして食べた。すると、見る間に元気になったのです。自然治癒力のおかげです。

吐血とは違いますが、次のようなことが書いてありました。

「何世紀もの間医師たちは、患者の血を抜く瀉血がほとんどあらゆる病気をはやく治すための必須の療法と信じていた。ところが、十九世紀もなかばになって、瀉血は患者を衰弱させるだけだということが発見された。」

こんなの当たり前のことで、私なんか瀉血されたら死んじゃうと思って読んでました。医学にも進歩があるんですけれども、医学をすべて信じちゃいけないということをこの中で説いています。

第一章「私の膠原病回復記」では、「笑い」が体内の化学作用によく影響するのではないかと考えます。カズンズは友人のテレビプロデューサーから、アメリカ版「どっきりカメラ」のフィルムを借りて、病床で見るのです。すると……、

「効果はてき面だった。ありがたいことに、十分間腹をかかえて笑うと、少なくとも二時間は痛みを感ぜずに眠れるという効き目があった。」

というのです。

第三章「創造力と長寿」では、彼はジャーナリストとしてパブロ・カサルスとアルバート・シュヴァイツァーの二人に会ったことを書いています。二人とも当時、既に八十歳を超える老人でした。しかし二人は、はちきれんばかりの創造力に満ちあふれていま

した。両人とも世の中に役立つ自分の事業を持ち、それに打ち込んでいたのです。

この二人の人物からカズンズが学んだことは、「高遠な目的」と「生への意欲」が人間存在の主要パワーであるということでした。そういった意志が、人間が達成できるもっとも強力な力を示すものだと確信するようになったそうです。

そして私も、何かを創造していくこと、八十歳を過ぎてもなお、自分の目的を持つということが、病気を克服すること、長寿につながることだということに気がつきました。退院して、一刻も早く自分の仕事をしたいと、私は強く思いました。

現代人は脳の中に住む。だから脳死は死となる

入院中に、ドクトル庭瀬以外で私の見舞いにきてくれた友人に唐十郎さんがいます。面会謝絶と書いた札をひょいとどかして、怪人二十面相のように扉を開けて入ってきました。

「おめえ、まだ死なないよ」

そうひとこと言って、とっとと帰って行ったのが、劇団唐組の芝居のようでした。こ

のとき、私も「死なねえよ」とおどけて答えました。

吐血して、退院してからも死にまつわる本ばかり読んで、少しずつ健康を回復していきました。「死に関する本」を読むと、かえって健康になっていくのは、不思議な現象です。「死ぬための教養」を身につけると、死が用心して逃げていくのです。逆にこちらは死の犯人を追う探偵になる。結局、体調が完全に戻るには二年ほどを要しました。

体が回復した頃です、私は衝撃的な本、養老孟司『**唯脳論**』（ちくま学芸文庫）と出会いました。この本を読んで私の受けた衝撃たるや、計り知れません。巻頭にこうあります。

「現代とは、要するに脳の時代である。情報化社会とはすなわち、社会がほとんど脳そのものになったことを意味している。脳は、典型的な情報器官だからである。

都会とは、要するに脳の産物である。あらゆる人工物は、脳機能の表出、つまり脳の産物に他ならない。」

養老氏はこう言っております。

「ヒトの歴史は、『自然の世界』に対する、『脳の世界』の浸潤の歴史だった。それをわれわれは進歩と呼んだのである。」

またこうもあります。

「現代人は、脳の中に住むという意味で、いわば御伽噺の世界に住んでいると言っていい。

〈中略〉

脳は現代のイデオロギーであり、現代の現実である。だからこそ現代では『脳死は死』となる。われわれは、かつて自然という現実を無視し、脳という御伽噺の世界に住むことにより、自然から自己を解放した。現在そのわれわれを捕えているのは、現実と化した脳である。脳がもはや夢想ではなく現実である以上、われわれはそれに直面せざるを得ない。」

そして、こう結びます。

「そこからわれわれが解放されるか否か、それは私の知ったことではない。」

この突き放し方が非常に気分がいい。

さらに自然問題に触れて、

「滔々たる人工環境化に対抗するものとして、自然保護運動が盛んである。しかしこれは、どこか見当が外れている。なぜなら、『自然』保護とは言うものの、じつは自然そのものが問題ではないからである。問題は脳の浸潤をどこまで許容するかであり、つまりは脳が問題なのである。こうした運動が、しばしば理性に『反する』ように見えるのは、その実態が『自然に帰れ』運動ではなく、直観的な『反‐脳』運動だからであろう。」

既に「はじめに」の三ページからして、私の脳をぎりぎりと切りきざんでくる強力な本でありました。

養老さんは解剖学者で、一九三七年、神奈川県生まれ。東大医学部を卒業し、同大医学部の教授となりますが、ある日突然、エイヤッと東大教授を辞めてしまいました。

第一章「唯脳論とはなにか」では、こう言ってます。

「脳は一種のタブーである。うっかり脳をいじると、大学をクビになる。医学では実用性が優先するから、実用性のない議論は常に流行らない。そうした理由から、やはり唯脳論は人気がない。いちばんこれを主張してよいはずの精神科は、仲間喧嘩ばかりしている。おかげで大学の総長が国会に喚問されたりする。脳の話は、医学部では、触らぬ神にたたりなし、である。」

　こういった威勢のいい思考が、一行読むたびに脳に突き刺さります。ズキ、ズキと。こういう断定する言葉の気分のよさ。読み進むたびに「早く、死んでみたいものだ」という気になりました。

「解剖学というのは、相手が死んでいるから、医学のようであって医学ではない。相手がすでに死んでいたのでは、医者は腕の振るいようがない。」

　なるほど、そうか。

　脳のことを考えると頭がクラクラしてしまう。脳のことを、ほかならぬ脳が指弾・分析するという、つまり、脳についての考えを自分の脳が考えている。思考が8の字形によじれていくわけです。考えること、しゃべること、脳についてしゃべる、私に思考させているのは脳であるという、その不可解な循環で、自分というものが何が何だかわからなくなるという迷路に、引きずり込んでいく。

　びっくりしたのは、本書に深沢七郎の名が出てくることです。

「わが国の人口増加が、『人工』妊娠中絶によって急速に終焉したことは、統計に明らかである。間引きの世界もまた、同じ原理に立脚している。深沢七郎はそれに気づいていたのであろう。」

この本を読んだあとに、どうしても養老さんに会いたくなって、ある雑誌に頼んで対談をさせてもらったのですが、養老さんは、全身が脳の塊のような人でした。低いくぐもった声で、早口でボソボソとしゃべっているのですが、対談であるのに言葉に余計なものがない。テープを起こすと、すべてが文章になっているのです。私は編集者の経験がありますから、対談のときには、その三分の二ぐらいは使えない部分があることを知っています。が、養老さんの話には一切むだがない。恐るべき人だと思いました。

彼は「現代文学が一番つまらない」と言います。では誰がおもしろいですかと聞くと、深沢七郎だと言っておられました。深沢さんは私の師です。「唯脳論」の最後のところにも、深沢さんの名前が出てきていたので、あらためて衝撃を受けたわけです。

また、三島由紀夫についても触れています。

「三島由紀夫もまた、かれなりにそれを感知している。三島の生と死は、本人も意識したように、日本人としての生と死であった。しかし、かれに欠けていたのは、身体の対応概念としての『脳』である。三島は身体の欠如を鋭く意識したから、自分の身体を膨らませたのである。しかしかれは、脳の存在を意識しなかった。それが三島の自殺の遠因である。この国は古来『唯脳論』の国である。私がそれを説くわけではない。」

そして、深沢七郎と三島由紀夫の例が出た次のページに出ている図版は、歌川豊国「小平次、妻の二役・尾上松助」という幽霊であります。なぜ幽霊かというと、本の最後にこうあります。

「たしかに死を隠すことはできる。病人は病院に隔離すればいい。死はそこで起こる特殊な出来事である。死体は直ちに焼く。骨は墓場に納める。その手続きに遺漏がなければ、万事それでよろしい。それはそれで結構である。しかし、『あるもの』を『ないもの』にすることはできない。脳は経験にないものを、『存在しない』とみなすことができる器官である。それはあんがい恐ろしいことである。社会はしばしば、あるものをないとし、多くの悲劇を生んだ。隠されるものは、いまでは貧困や残虐行為や賄賂ではない。それらはむしろ、暴かれるものである。隠されるものは、一皮剝いた死体、すなわち『異形のもの』である。しかし、それがヒトの真の姿である。なぜなら、われわれがいかに『進歩』の中へ『逃走』しようと、それが『自然なるもの』の真の姿だからである。ヒトを生み出したのは、その『自然』である。自然保護運動の自然とは、その意味では、自然のカリカチュアに過ぎない。だからそれは、しばしばユートピアの相貌を帯びる。」

つまり、「異形のもの」は、脳にとってはないものとなるのである。脳の力があるという意味で、幽霊を持ってきたわけですね。この「唯脳論」の見事な始まり、「私の知ったことではない」というところから、最後の異形のものまで。しかも深沢七郎の名前まで出てくるこの本は、一九八九年の私にとって衝撃的な一冊でありました。

利己的遺伝子が、姑を嫁いびりに駆りたてる

それから二年後、私はまたびっくり仰天、腹がよじれて大拍手という本に出会いました。竹内久美子『**そんなバカな！**』（文春文庫）です。

書名には、「遺伝子と神について」という副題がついています。

我々はビークル、人間というものは遺伝子の乗り物《ビークル》であって、肉体というのは仮のものである。人間というものを支配するのは遺伝子であって、人間が死んでも遺伝子だけが生き残っていく、ということが書かれた本なのです。

これを都合のいいように解釈すれば、たとえ自分が死んでも遺伝子が子供に引き継がれ、その子によってまた遺伝子が生きていくという、肉体は滅びても精神は滅びないという自己肯定的な死への安堵感につながります。

もっとも私はそんなことは全然考えなくて、むしろ私というものが既に父親や祖父からの遺伝子の借り物であって、つまりは、そこに遺伝子が下宿しているのです。私という存在は遺伝子という見えざる粒子、粉みたいなものですが、そういう遺伝子の店子に貸している大家であると。遺伝子から月々七万円ぐらいの家賃をとってやりたいものだと思いながら、この痛快な本を読んでいくと、今までわからなかったことがわかりかけてきました。

血を吐いてから、また持病のぜんそくが出てまいりまして、このころ、しょっちゅうゴホゴホとしていました。今でもぜんそくの薬を持ち歩いております。

そして、竹内久美子さんも、子供のころからぜんそくで悩んでいたといいます。ぜんそくについて、竹内さんはこう書いています。

「小児ゼンソクについて私が怪しいと思うのは、この病気がまず死には至らないもので、ある年齢に達するとケロリと治ってしまうということだ。もちろん、発作の時の苦しみは、今度こそ死ぬんじゃないかと思うほどに強烈だし、発作を恐れるあまり睡眠が浅くなり、だんだんと体が衰弱していくのも事実だ。しかし、それでも決して死にはしないのである。利己的遺伝子《セルフイッシュジーン》は少なくともこの病気によって個体を死に至らしめようとは考えていない。その代わり、あの強烈な症状を周囲に向かってアピールしようとしているようだ。

　親は病気で苦しむ我が子を不憫に思い、他の子よりも布団を一枚余計に掛けるようになるだろう。今夜は発作が起きはしないだろうかと、その子の健康状態に常に注意を払うようにもなるだろう。そうすると結局のところその子は、ゼンソクなど起こさず、外で元気に遊び、『あの子なら心配いらない』と親が気を抜いている子よりも案外有利に生き延びて行くかもしれないのである。私が小児ゼンソクを〝脅迫〟や〝操作〟だと思うのはこういう理由からである。」

ぜんそく一つとっても、利己的遺伝子がそういう具合に、見えざる力で操作しているのだそうです。なるほどねえ。

そしておもしろいのは、自分の姿に気がつかない姑の嫁いびり。この嫁いびり遺伝子というものに関してはこう書いています。

「そもそも母親は息子の繁殖に多大な期待をかけている。閉経を迎え、自分では繁殖できなくなった女にとって、息子は無限の繁殖の可能性をもった宝である。嫁は一応社会的に認められた息子の繁殖の協力者というわけだが、母としてはできれば息子が別の女とも繁殖活動を行なうことを望んでいる。その方法はいくつかある。嫁の知らないどこかに妾を囲うこと、あるいは未婚、既婚を問わず女を騙して孕ませ、逃げる、〝托卵戦略〟……。しかし、そういう方法がとれるのは、その家が代々非常に裕福であるとか、息子によほどの甲斐性がある、あるいは女を騙して逃げおおせるだけの度胸があるというような場合である。そういう甲斐性も度胸もない息子をもった母親が、それでも息子にさらなる繁殖を望むという場合にはどうすればよいのか。私はそういうときこそ『嫁いびり』ではないかと思う。」

なぜ姑が嫁をいびるのかという理由を、姑の利己的遺伝子がそうさせていると、まことに明快に説明しています。

さらにおもしろいのは、男の分類学として、文科系男と理科系男はどう違うかという考察。女の自己欺瞞について述べた後に男の分類学が出てくる。この文科系男と理科系男の差は、非常にためになりました。ケチ男の実態とは、バクチ男とはどういうものかということもよくわかりました。

人間というのはすべて、利己的遺伝子に貸している仮の姿であって、すべてを動かしているのは利己的遺伝子だと思えばよい。早い話、つまり『唯脳論』と『そんなバカな！』の二冊を読めば、もうほかのものは読まなくても立派な「死ぬための教養」となる。とりあえずこの二冊だけを読めばらくに死ねます。それでも死にきれない疑い深い人は、地球物理学の松井孝典を読めばよい。

四十六億年がひと昔前なら、いつ死んだって構わない

『地球・宇宙・そして人間』（徳間書店）の著者である松井孝典さんは一九四六年生まれ

の地球物理学者。静岡県出身ですので私と同郷です。静岡県はロクな人間が出ないことで知られておりますが、時々立派な人が出るんですね。暖かくて、ミカンをたらふく食べて、富士山を見て育っているからみんな呑気なんですけど、たまに静岡でも東大理学部を出て、こういう立派な宇宙論を書く人がいるわけです。

この中で、とくに私が好きな一節があります。

「ぼくは、宇宙とは自分の脳みたいなものだと思っている。」

私は養老孟司さんの『唯脳論』を読んで、現代はすべて脳が一つの宇宙であることに、なるほどそうだと納得したのですけれども、逆に松井さんは、宇宙は自分の脳ではないかという書き方をしている。さらに、「ぼくにとって四十六億年はつい一昔前のこと」と言い切る、この人の発想の大きさ。四十六億年がついひと昔前のことなら、いつ死んだって構わないという気になります。

第十章のタイトルがいい。「人間はなぜ、何のために存在するのか」。

「人間はずっと昔から〈宇宙とは何ぞや〉と考え続けてきた。そして宇宙の実体がどのようなものであるかを人間が考えるからこそ、逆にいえば、宇宙が存在する意味があるとも考えられる。〈宇宙とは何ぞや〉という問いを人間が発してくれなければ、極端な話、宇宙などあってもなくてもどうでもいいことなのだ。」

地球物理学者であるのに、「宇宙などどうでもいい」なんて言っちゃう、このリベラルさが静岡県の県民性であります。

松井さんはこう持論を展開する。

「宇宙の年齢は百五十億年から二百億年と考えられている。太陽系の年齢はまだ五十億年に満たないのだから、たとえば百億年前にも人類がいて宇宙のことを考えていたと想像しても何の不都合もあるまい。

また別の時代に、この宇宙の別のところに人類がいて、〈宇宙とは何ぞや〉と考えていた。〈水惑星〉が誕生し、そこで生命が発生する限りにおいて、それは人類だとぼくは思う。ぼくたちではない人類が宇宙のそこかしこにいて、宇宙のことを考えている。そういう宇宙にぼくたちは住んでいるのだと考えることもできる。

そして人間の役割とは、ひょっとすると宇宙の究極の構造を理解し、宇宙がなぜ存在するかということを理解することにあるのではないかとも思ったりする。〈宇宙とは何ぞや〉を理解したところで、人間はその役割をまっとうする。そして、すべては振り出しに戻る——。」

増えつづける人口問題、環境問題、戦争、テロ事件、食料不足……。人類が破滅の危機にあるということは、「宇宙とは何か」をわれわれが知る契機でもあります。深沢七郎はそれを本能的にかぎつけている人でした。

人間存在を科学的に、宇宙論的視点から考えるわけです。宇宙から人間を考えるという視点で、こういう壮大な構想の本に会うと、やはり自分が四十六億分の一ミリの存在に過ぎないと思わせられる。ああ、おれはホントにちっぽけなちっぽけな、のみの屁のような存在なのだと気づいて、ひどく安心してしまう本なのです。そういえば、江戸の川柳に「のみの屁は百丈上で泡となり」というのがありますね。

第二章　一九九二年、五十歳。人生を一度チャラにする

全勝なんて力士には興味ない。十日目で五勝五敗がよい

一九九二年、私は五十歳になりました。現在、吉本興業専務で、プロデューサーの横沢彪さんが私にこう言いました。

「五十歳はゼロ歳である。したがって五十一を一歳と呼ぶ。それで嵐山はゼロ歳だ」と。

横沢さんは僕より二つ年上だから、そのときは二歳。

「五十をゼロにして、五十一から一歳、二歳と……、六十まで生きれば十歳、七十までうまく生きればやっと二十歳。五十歳まで生きたら、一度チャラにしてしまう。そういうふうに考えたほうがいいよ」という話を聞いて、なるほどねと思いました。現在、日本で百歳を越える老人は一万八千人いるそうですが、そういう人は二度ゼロ歳となる。

というわけで、「ゼロ歳」の時に読んだのが、アレキシス・カレル／渡部昇一・訳の『**人間　この未知なるもの**』（三笠書房・知的生きかた文庫）です。

カレルは、フランス生まれの生理学者で、ノーベル生理学・医学賞を受賞した人です。

彼は、人間とは何かについて再吟味することから出発して、人間を生理学的に詳細に分析していきます。

私は吐血から、ようやく自分が立ち直ろうとしているときでした。よし、五十歳になったらちょうど今までの五十年を振り返ってみよう。今までの人生で、良いことと悪いことが幾つあったかを数えてみようと思いました。ノートに、自分に起こった良いことが百ぐらい、悪かったことも百ぐらいまで挙がりました。結果はちょうど半々でした。

大相撲でいうと、十日目で五勝五敗というところです。大相撲を見ていて十日目で八勝二敗とか全勝なんて力士には、私は全然興味がありません。やはり五勝五敗なんてのがよくて、がぜんその相撲取りに興味が湧くのです。当人にとっては、あと三勝して勝ち越すか、三敗して負け越すかというわかれめのところに置かれている。それは見ているその人、実はあなた自身のことなのです。多くの人は相撲を勝者の目でしか見ないから、十日で九勝一敗、八勝二敗、全勝の人だけを見ていて、ほかの力士などは興味がないというところがあるのですけど、それはもったいない。十日目で五勝五敗、あるいは四勝六敗の力士が面白い。

私は五十歳のときにそれまでの人生が五勝五敗だということに気がつきました。年収一億円入ってくる生活が三年続きながら、あっという間に血を吐いて、元の貧乏人に戻りました。この本に、「逆境こそが強靭な精神、肉体を創る」と書いてあった。よく言われる言葉ですけど、科学的に分析されると、「そうであったか」とつくづくためになりました。

さらに、いささか恐ろしいのですが、なぜ自然淘汰が必要なのかと述べています。養老孟司氏が自然淘汰の発想として、深沢七郎が本能的に気づいていることを『唯脳論』の中で書いていましたけれども、カレルは科学者の立場から「なぜ『自然淘汰』が必要なのか」と題して、人間の持久力、知性、勇気を限りなく発達させるには、どうすべきかということを書いております。そして最後は、「いまこそ人間再興の時」というふうに、養老氏とは違う視点で、人間が生きていく道を論じているところがさすがでした。

芭蕉が最後にたどり着いたのは、「絶望」です

山田風太郎『**人間臨終図巻**』（徳間書店）を読んだのも、そのころであります。第一巻

では十五歳から五十五歳で死んだ人々について書かれています。そのときは、私は五十歳でしたから、五十歳で死んだ人は誰かなと思ってページをめくりますと、松尾芭蕉が出てきました。

一六九四（元禄七）年九月九日から芭蕉は弟子同士のケンカを仲裁するために大坂に来ていましたが、たてつづけに句会をやるよう頼まれ、しばしば頭痛や腹痛に悩まされ、最後にはひどい下痢に悩まされました。病中吟として、つぎの発句を弟子に書き取らせました。それが最後の句です。

私は芭蕉が好きで、芭蕉のいろいろな句を鑑賞しておりますけれども、最後の句、

旅に病んで夢は枯野をかけ廻《めぐ》る

は、絶望の句だと思うのです。芭蕉のいう「軽み（かろみ）」や名人芸は影をひそめ、まるで、自分の生活を呪うような句をつぶやいて死んでいった。

枯野とは「あの世」「幽界」をさしています。一生を旅で過ごし、五十歳で死んだ芭

蕉のことを、中学生時代から私は慕っております。芭蕉の全紀行を追いかけた、『**芭蕉の誘惑　全紀行を追いかける**』（JTB）という本を書き、いまも芭蕉論を書きつづけておりますが、最後のこの一句ばかりは、まるで力のない駄句であります。

芭蕉は一般には枯れた人、あるいは閑雅なる俳人というイメージがあります。しかし、常に前衛の人であったと私は思います。名前の「芭蕉」とは、中国原産の大型多年草で、小さなバナナが生るバナナの木のことです。彼は号を芭蕉、つまりバナナとしたのです。つまり初代の「よしもとばなな」なんですね。自分の号に「バナナ」とつけてしまう、江戸時代にあっては非常に派手で、新風でハイカラ、前衛な人でした。それと同時に、この号は、謡曲「芭蕉」からとったもので、古寺に棲む妖怪の化身なのです。しかも無常なる女の妖怪であります。芭蕉は自分をバケモノにたとえていた人なのです。

芭蕉が死んでから蕉門は四分五裂します。芭蕉の弟子で、曲水という人は膳所《ぜぜ》藩の家臣ですが、家老を斬殺して、一家断絶します。芭蕉の高弟、凡兆は牢獄につながれます。

死ぬ三日前、十月九日、死を覚悟した芭蕉は、弟子の呑舟に墨をすらせて、病中の吟を書かせました。それがこの「旅に病んで……」の句です。十一日、大坂を旅行中の其角が駆けつけ、十二日に芭蕉は逝去しました。

南御堂・難波別院には「旅に病んで……」の句碑が建っています。南御堂は、巨大な鉄筋建築の真宗大谷派寺院です。トラックやバスやタクシーが行き交う御堂筋の銀杏の木の下に、「この付近、芭蕉翁終えんの地と伝う」の石碑が、地面に埋もれていました。それはまるで、天から落ちてきて地面に突き刺さったように私には見えました。その碑の横で、トラックの運転手とタクシーの運転手がけんか口調でどなり合っていました。

大阪のビルの谷間を、芭蕉の夢はかけ廻るのです。

旅に死すとはこういうことなのだと、私は知りました。

生涯一句ということを考えました。芭蕉は江戸に出て、木曾を回り、東北をさすらい、大津幻住庵に潜伏して自己が目指す空漠の地平を探ってきました。風雅とは何か、枯淡とは何か、不易なるもの、流れゆくものの中に自分を投げ入れて吟じてきました。五・七・五、わずか十七文字の中に全生命を投げ込み、そこに一瞬のドラマを描いてみせました。それは細い針の穿孔に、言葉を突き刺すような魔法でもあり、旅することによって遭遇したドラマをスケッチし続けてきたようでもありました。そして最後にたどり着いたのは、虚飾もなく技巧もなく、ただ「夢は枯野をかけ廻る」という絶望でした。そこでは芭蕉が主張してきた禅味もなくダイナミズムも消えうせ、単なる感傷の独白があるだけです。こういった「泣き節」のような句は、芭蕉が否定してきたものなのです。この失敗句は、芭蕉の病中吟であって、辞世の句とはしないほうがいいのかもしれませんが、それでも、この世の無常を感ぜずにはおられません。『人間臨終図巻』に、五十歳で死んだのが芭蕉とあって、また芭蕉への興味がわいてきたのです。いまの私のライフワークは芭蕉が死んでからの、メチャクチャともいえる蕉門の分裂を調べることです。ひいては、それが芭蕉の絶望を解く鍵につながっていくのです。

細胞は死ぬことによって、個体としては生きている

もうこれ以上、本なんぞに頼らなくても安らかな気持ちで死ねるだろうと思っているときに、私は厚さ五センチはあろうかという、レンガほどの重さのある岸根卓郎『宇宙

の意思』（東洋経済新報社）という、とんでもない本にぶち当たりました。

本のカバーには、私の心を揺さぶるようなサブタイトルが付けられていました。

「人は、何処より来りて、何処へ去るか」

著者紹介を見ると、岸根卓郎さんは、一九二七年生まれ。京都大学農学部卒。京大では、湯川秀樹、朝永振一郎といったノーベル賞学者の師であった園正造の最後の弟子です。要するに湯川秀樹の兄弟弟子。湯川秀樹よりちょっと若い世代の、数学者です。師から薫陶を受けたのは数学だけではなく、数理経済学、哲学でした。岸根さんは既成の学問の枠組にとらわれることなく、統計学、システム理論、情報理論に入っていきます。そして食料政策、国土政策などの幅広い領域に進出していきました。あくことのない探求欲です。最後は宇宙法則説に立って、東西文明の興亡を論じた『文明論』、これは東洋の時代の到来を科学的に書いて、北京大学で翻訳され、中国でベストセラーになったそうです。

『宇宙の意思』には、私が今まで考えてきたことの回答が全部書かれてしまっているのです。もう私は、いつ死んでもいいという気になりました。こんな重い本を読むのはこたえるなと思いながらページをめくっていくと、ぐいぐい引きずり込まれていくのです。

「かつて、死が直接に具体的な事実として日常生活に居座っていた時代には、人生についてのあらゆる想念は『死とは何か？』に集約せざるをえなかった。しかるに、合理主義に基礎をおく現代西洋科学文明は、人間を直接『死の現象』から遠ざけるようになった。事実、多くの人が病院で死を迎えるようになった現代では、死を通じて生を考えたり、生を通じて死を考えたりするようなことは少なくなった。」

そして、

「現代西洋科学文明がようやく終焉を迎え、新たに東洋精神文明の台頭による『東西文明の交代』の兆しが見えてきた……」

と生死の問題をとらえております。さらにこうあります。

「その生と死が、いまや現代医学の進歩（人工授精や延命医療など）によって『人為的に操作』されようとしているところに『現代の問題』がある。」

極めて現実的な問題を突きつけています。

「つまり、現代西洋科学が『科学的因果律』に呪縛され『宇宙こそは生命体である』との『物心一元論』の立場を放棄してきたからではなかろうか。このことは、西洋の機械論的自然観や現在問題となっている脳死臓器移植などにおいて象徴される。われわれが自然の持つ奥深い本質（宇宙の意思）を知れば知るほど、われわれは現代科学を超えて『生命の不思議』それゆえ『生死の不思議』を思い知らされる。」

というのです。

「生死の宇宙法則　生死のプログラム」という項にはこうあります。

「『人間は再生しつつ生きている』

ということである。つまり、

『細胞は死ぬことによって、個体としては生きている』

ということである。すなわち、

『細胞の死によって、個体の生存が保たれている』

ということである。同様の見地から、

『人間という種もまた、再生しつつ生きている』

すなわち、

『個人は死ぬことによって、種としては生きている』

〈中略〉

つまり、

『部分の死が、全体を保存する』」

というわけです。さらにこうあります。

「人間の細胞は脳神経系の細胞を除いて、すべてが約七年で死んで入れ替わるといわれている。」

だいたい七年で、私たちの肉体はリニューアルされているらしい。私の目玉の細胞も、心臓も内臓も、だいたい七年で入れかわる。とすると、私が吐血したのが、一九八七年ですから、これから七年たった一九九四年、私はまた血を吐くのかなという、漠然とした予感が残りました。

実際には、一九九八年に第二次大吐血が待ち受けていたわけですが、まさか本当に二度目があるとは夢にも思っていませんでした。

そして岸根さんは、現代の最も解決が難しい問題として、科学と宗教の避けがたい対立と深い溝ということを挙げております。

「死ぬための教養」とは、なんといっても「宗教」であります。しかし「宗教」は教養というよりも信仰であります。教養は、しばしば信仰の邪魔になります。私は、宗教を信じられる人をうらやましく思う。神を信じることができる人は、そういった力があるのです。しかし、世界でおこっている戦争や、爆破テロ事件に対して、宗教は人々を救済しえたでしょうか。いまほど「宗教の無力」を思い知らされた時代はないのです。イスラエルとパレスチナの戦いにいたっては、宗教が原因です。宗教は人類を救済するどころか、逆に破滅を導いているのです。

したがって、私が本書で試みようとしているのは、「宗教にたよらない、死ぬための教養」であります。本を読んで自分が納得することによって、自分の死を受容するという作業を援助しようとしているわけです。そのことが岸根さんの本に書いてある。つまり、科学と宗教の避けがたい対立ということを指摘しているのです。

岸根さんは、現代の状況を、

「人間は『物質に姿を変えた波動の世界』だけを見ており、『物質の姿をとらない波動の世界』はまったく見ていないということである。ゆえに、そのように限られた『可視の物質世界』のみを研究対象とする現代科学もまた、宇宙全体の『ほんの一部』しか見ていないということになる。そうであれば、そのような『管見』を通して、宇宙のすべてが解明できると過信する『科学万能主義』のいかに愚かで傲慢であるかを思い知らされる。」

と喝破しております。

「とすれば、われわれは可視の世界のみを対象とする現代科学の在り方を改め、これからは『可視の世界』に加え『不可視な世界』をも視野に入れ、さらには『両者の統合』についても『虚心坦懐』に学ばなければならないであろう。」

リベラルな発想です。

「『なぜ、宇宙には可視の世界（物質世界）と不可視の世界（精神世界）が存在するのか？』

また、

『それはどのような意味を持つのか？』

さらには、

『両者を統合して理解するには、どうすればよいのか？』

を、明らかにし、〈中略〉西洋科学によって分離遮断されてきた科学と宗教と芸術の間の深い溝を、物心一元論の見地から『究極的統合の理論』によって埋め、究極的には『可視の世界と不可視の世界の統合』に一歩なりとも近づきたいと願った……」

と書かれております。

死はあまりにも一方的に勝手にくる

敬愛畏怖するタレントにビートたけしという人がおります。私はテレビ的表現力を消耗してもうテレビからは声がかからないと思っていたのですが、テレビ朝日系の「たけしのＴＶタックル」から、年に三、四回お誘いがあって、できる限り出るようにしておりました。

一九九四年、八月――。「ＴＶタックル」の収録がありました。

当時、ウーマンリブ女性団体がやたらと「セクハラ、セクハラ」と喧しいので、『新潮45』という雑誌に「男はみんなセクハラである」という一文を書きました。番組でその原稿を読み始めますと、今は参議院議員で、その時は法政大学教授だった田嶋陽子さんが私にかみついてきました。歯から唾をとばしてわめくので、私もカッときまして、もう収録なんかどうでもよくなってきて、「このばかやろう、何だ」って大ゲンカになってしまいました。田嶋さんが怒って帰ってしまって、けっこう評判になりました。だけどテレビ番組のケンカなんてその場限りで根が浅いものなのです。

ところが、これを収録した日はたけしがちょっとした問題を抱えておりました。つまり某お姉ちゃんとの不倫問題が発覚し、別のテレビ局に追及されていました。収録が始まる前、たけしは女装しておばちゃんのような格好で「あたしゃ、不倫なんてやらないよ」と、非常にハイテンションでおどけて、何とかしのいでいました。

番組の中では、たけしはもう仕切る力もないぐらい疲れきっていました。そのとき、今まで収録が終わっても私に拍手などしたことなかったたけしが、私のところに来て握手をしてくれまして、さらに私の前でパチパチと拍手をしました。よくぞ盛り上げてくれたということだったのでしょう。後にも先にも、たけしに褒められたのはあのときだけです。

初めて私に「よくやった」と拍手をしてくれた、そのわずか数時間後のことです。たけしは変装してガールフレンドのところにバイクで行って大事故に遭ったのです。転倒した場所は、私の事務所からそう遠くない、権田原の交差点を通って四谷の方に向かっていく、ちょうど坂をおりた地点で、私がいつも通っているところでした。

事故から八カ月後、たけしはその時の顚末を『**たけしの死ぬための生き方**』（新潮文庫）に書いております。

「原チャリにまたがった、そんなような気がする。だけど、その前後の記憶は全くないんだよ。事故のことも、救急車に乗ったことも、病院に入ったことも。

気がついたら、おいらがヌイグルミを持って佇んでいるんだ。そう、背中にジッパーのついている全身タイプの奴。ジッパーはだらしなく下がったまんまで、いつでもずぼっとはけるようになっている。」

そしてここが大事です。

「それが、傷だらけで、ボロボロになったおいら自身のヌイグルミなんだよ。

ようするに、肉体と精神が分裂して、肉体っていうのは精神が借りてる着物だっていうのが、バーンと見えちゃったんだね。」

これは紛れもなく、竹内久美子さんの「人間は遺伝子の借り物である」という論と同じことを言っています。たけしが竹内久美子さんの本を読んだかどうかは知りませんが、とにかく、ここでたけしは本能的に感じたのだと思われます。

私が「TVタックル」になぜ出ていたかというと、たけしに会って、たけしの持つ強烈なオーラと精神の波長をビリッと感じたかったからなのです。彼は、ギャグをかましながらも、ビリビリしている、凶器でした。そのたけしと交わる時間が欲しいため、番組の内容がどうであろうが関係なしに出ていたのです。それがこんなことになってしまった。私はこの事故に、大変衝撃を受けました。

さらに、第二章の「病床漫録」では、

「一般病棟に移った時には、もう事故は事故として確認できたから、考えたことは、このあとの対応だよね。どうやって退院して、どうやってリハビリやっていくんだろうとか。

それで、最初は脳ばっかり気にしていた。何をするにしても頭がいかれてたら終わりだからね。頭は正常に動いているか、それを自分で試してみる。

ベッドの脇に立っている人が誰かもちゃんと分かってきた。ただ、片方の眼が外に飛んじゃっているから、焦点がボケて二人分に見えるんだけどね。」

そして、こう述懐しています。

「同時に、今までどうしてこんな生き方したんだろうって反省が猛烈に襲ってきた。こりゃあ駄目だったとか、無茶だったとか、過去の自分に対する自己嫌悪。やってきたことというか、自分がどういうふうに生活してどんなことをしてきたかっていうのが思い出されて、ホントに馬鹿だったなって。果して今までの芸能界の仕事は何んだったんだろうか。何一つ満足してなかったな、と。」

この一節を読んで、私は血を吐いて病院で茫然としていた自分自身の姿を思い浮かべました。

人は、不慮の事故や、急病などによって病院に入って自分が死ぬかどうかというぎりぎりのところに身を置かないと、生と死ということについてなかなか考える時間がない。

それは私と同じだなということを、考えました。

そのとき、たけしは本を読みたくなった、といいます。

「片方の瞼が閉じなくて本を読みたくても読めないのが辛かったね。仏教に関する本なんか買ってきてもらったけれど、字が細かくてどうにもならない。それで、しょうがないから、マンガの『ブッダ』。手塚治虫が描いているんだけど、なんだこりゃあっていう程度のもんだね。なに考えてんだこんなものって。マンガ本で宗教なんか扱っちゃいけないよ。」

たけしもやはり瀕死のベッドの上で考えるのは生と死のことだけで、そして何か本を読みたいと思った。だけど本は読めない。本は読めないけれど漫画の『ブッダ』は読んだ。そこで漫画本で宗教なんか扱っちゃいけない、こんなもんで救われないということは、わかった、とまたギャグをとばしています。

「深夜に、ひとりきりで病室にいると、ごく自然に『死』とは何か、という考えに行きついてしまうんだよ。

昼間は友達がよく訪ねてきたけれど、そのときはそんな話ばっかりしていた。同じような世代だから、『もうすぐ晩年だから心身ともに気をつけよう』、『みんなあとちょっとで死ぬんだから、対応の仕方をみんなで考えようね』って言う。」

さらに読み進むと、第三章「人生観の訂正」に「死の準備について」という項があります。

「死ぬってことは人間みんなの目的であるっていうか、終着点であることには間違いない。死というのは突如来る暴力なんだね。その暴力にいかに準備しているか。それが必要だってことは、うすうすはわかるんだけれど、あまりにも儚いっていうか、空しい努力のような気がしてしまう。なにしろ死ぬことに対する対応だからね。

死はすべての終わり。それに対して何で準備してなきゃいけないのか。対応しようがしまいが、死ぬことは死ぬことで仕方ない。そう考えりゃ、準備なんかしなくたっていいじゃないか、と言う奴もいる。だけど、準備なんかしなくたっていいと言ってても、結局死というものには無理矢理対応させられるわけだよ。あまりにも一方的に向こうが勝手に来るわけだから。

それに準備してる奴としない奴と、死ぬことは結果的には同じだけれども、そのショックというのは半端じゃないんだよ。死を考える、死ぬための心の準備をするというのは、生きているということに対する反対の意義なんだけども、異常に重いテーマなんだ。下手するとこれが哲学の究極の目的なんじゃないかって思うね。頭のいいのからバカから、金持ちから貧乏人から、人間全部に対しての問題提起なんだ。そうすると、バカでもなんでも対応せざるを得ない。そうしたとき、それの能力とか財産にもかかわらず、人間は対応する努力をしていかなきゃならない、と思ったんだ。」

たけしという人はケタが違うすご玉です。しゃべり口調で書いた、『たけしの死ぬための生き方』は、自分の問題として、私も「ああ、おれもまったく同じだ。同じだ」とうなずきました。

「いつ死んでもいい」覚悟で、快楽的に、自己本位に遊ぶ工夫

一九九五年、私は昔からの友人である坂崎重盛という男と北京に行きました。坂崎氏とはかつて二人で蘭亭社という出版社を経営していた仲でもあります。坂崎氏は私より一つ下で、東京の下町に生まれた酒屋の息子です。坂崎氏と私はやがて、蘭亭社を閉め

てしまいました。「これからどうするんだ」と私が聞きますと、「私は超隠居する」と。「隠居」ではなく「超隠居」と言いました。そして坂崎氏は、この年の六月に『**超隠居術　快楽的生活の発見と堪能**』（二玄社）という本を出しました。

北京でこんなことがありました。坂崎氏が北京飯店に走っていき、その日の朝日新聞を買ってきて、私に見せました。読書欄の著者紹介のところに自分の顔写真が載っているのを、みんなに見せて自慢して歩いてました。

まえがきに「快楽的生活への招待状」とあります。

「『超隠居術』と題した、この本はふとどき千万な本です。

この時代、皆が厳しい状況下で毎日をマジメに生きているときに『快と楽を求めて生きようではないか、勝手気ままに自分の人生を送ってしまおうではないか』と、提案しているからです。

ただの『隠居術』であれば、それは一定の年齢に達し、功成り名をとげた人の、人生の安逸なエンディングの身分の術でしょうが、僕の『超隠居術』は、『隠居術』の〝オイシイ〟要素を、年齢や立場に関係なく、自分たちの生きかたにバラ撒いてしまおう、ともくろんだものです。

そして、日々の生活の中で、少しでも楽しいこと、美しいこと、また、心にも体にも気持よいことを増やしてゆくことをめざした本なのです。」

と提案するのです。

なるほど、我が友はたいしたもんだと思って読みますと、

「『覚めよ！』超隠居術に。

『覚めよ！』自覚的楽天生活の技術に。」

と書いてあります。そして超隠居術というものについて、

「この、『人生わずか三十年』という思い定めが身にしみて理解されたとき、心の中に、『超隠居術』の必要が自覚されることとなる。他からのペースに引きずられて生きるのではなく、かけがえのない人生を、より楽しく快適に、自分に納得できる生きかたとしての『超隠居術』への志向が、覚める。

だからこそ、『超隠居術』は、パワー衰え、丸くなってからの〝ご隠居〟でもなければ、世をすねての〝隠棲《ドロップアウト》〟でもない。あくまでもバリバリの『現役の思想』の一スタ

イルなのだ。そしてその元気なうちに超隠居術が準備され、また獲得できれば、楽園を手中にしたも同然の境遇なのである。」

と説いています。坂崎氏は、千葉大造園学科を卒業し、国家公務員の造園家でした。いきなり編集者に転職して、出版社を作り、エッセイも書き始めます。最近では、『東京本遊覧記』（晶文社）が評判となり、いまや「散歩の達人」として人気沸騰中です。私と坂崎氏は、不況になったいまの時代こそ、快楽的に自己本位に遊ぶことを心がけています。遊ぶという行為は、金もかかるし、かなりの体力がいります。企画力がいります。「いつ死んでもいい」という覚悟ができると、人それぞれの遊び方に工夫がいるようになるのです。

第三章　一九四五年、三歳。初めて死にかけた

作家が書いたものはすべての作品が、小説という形を借りた遺書である

私はNHK番組「課外授業　ようこそ先輩」で母校の国立学園小学校へ行き、六年生の子供たちを相手に死者への追悼句を作るという授業を行いました。かなり難しいだろうなあと思っていたのですが、生徒たちが驚くほど優れた追悼句を作るものですから、びっくりして腰を抜かしました。もう一つ驚きましたのは、そのとき子供たちに「いままで死ぬことを考えたことがあるか」と質問したときです。五十人の生徒のうち、ほぼ全員が「いつも死ぬことを考えている」と答えたのです。

子供というのは、死ぬことなんかほとんど考えずにただ毎日楽しく過ごすものだ、と何となくそう考えていた私は、十一、二歳の子供たちがいつも死について考えているなんてどうなっているのかと衝撃を受けました。これは老人と同じではないかと、考え込んでしまいました。

ここで私の幼少期について振り返ってみます。私は一九四二（昭和十七）年、静岡県

中ノ町（現浜松市）という村で生まれました。父親は戦地に行っており、疎開先である母親の実家での出生でした。天竜川沿いにある村で、旧東海道沿いの日本橋と京都のちょうど真ん中にあるので、中ノ町村というのです。

母の叔父である石垣清一郎のことを、私は、「ジイちゃん、ジイちゃん」と呼んでいました。ジイちゃんは当時、静岡県県会議員をしておりまして、白壁の蔵が二つある旧家に住んでいましたが、その蔵の屋根すれすれに米軍が機銃掃射をダダダダーッと撃ち込んでいったのを鮮明に覚えております。それから艦砲射撃。三歳のころ、私はジイちゃんに連れられて天竜川に行ったことがありますが、天竜川にかかる鉄橋を破壊するために米軍艦隊からの砲弾が火の玉となって飛んで来るのです。はるか上空にはB－29がゆっくり飛んでおりまして、まるで銀ヤンマのようでした。

終戦を迎える直前には、旧東海道沿いにありました家の前を、荷車に載せられた死体が毎日のようにぞろぞろと通っていったのを覚えております。浜松市には軍需工場がありまして、そこが空襲を受けたのです。家ごと焼かれた人々、あるいは機銃掃射によって殺された人々、大名行列ならぬ死体行列でした。

米軍の空襲が終わったあとは、ジイちゃんと二人で庭に落ちた焼夷弾を拾って歩きました。また米軍が来ないときはジイちゃんと天竜川に行き、アユを投網で取りました。浅瀬でパッと網を広げますと、アユが網の中に入ります。するとすかさずジイちゃんはアユの目玉に指を入れて目をつぶすのです。取ったアユはそうやって目をつぶさないと、すぐ逃げてしまうからです。目から赤い血が一条の線となって、天竜川の中をサーッと流れていきました。

ジイちゃんの三番目の弟は軍人で、敗戦のちょっと前に村に戻ってきました。そのころウナギを取るために竹で編んだやなに餌を入れて、天竜川の支流に仕掛けていました。一晩たつと、そのやなの中にウナギが入っていて、それを蒲焼きにして食べるのです。でも、軍人であるジイちゃんの弟は、そんなまどろっこしいことはしませんでした。いきなり小型のダイナマイトを天竜川の淵に向けて投げました。すると一瞬にして、水面が天に向かってドッカーンと盛り上がり、ウナギや他の魚の死体がブカブカと浮かんできました。そのおじは「こうやって魚を取ったほうが効率がいいんだ」と胸を張っていましたが、川に浮かんだ魚は、ちょうど私の家の前を運ばれていく人間の死体を連想させて、とても食べる気にはなれませんでした。

ジイちゃんの家の近所では防空壕を作って空襲にそなえていました。なかには家族みんなで隠れていたところを爆撃され、全員焼け死んだという家もありました。ジイちゃんは巨大な鉄板で囲った部屋をつくりまして、庭にあった夏みかんの木の根元に穴を掘って、その中に部屋ごと埋めて、上から土を盛って頑丈な防空壕を完成させました。爆撃されても大丈夫だというので、近所の人がそこに入れてほしいと頼んできて、空襲が来るとみんな一緒にその防空壕に潜っていました。

そう考えてみますと、すでに私は三歳にして、ゴロゴロ転がった死体を日常の風景のように見ていたことになります。

敗戦の日のことも覚えております。その日はピカピカの晴天でした。大本営発表の放送がありまして、いわゆる玉音放送が始まりました。何かジャージャー、ザーザーいってよく聴こえませんでしたけれども、聴いていたジイちゃんがひと言、「お、日本が負けたか」と言ったのを覚えています。玉音放送の翌日からは、空襲がピタリとやみました。

何日かたつと、戦場に向かっていた父が地雷を踏んで飛ばされて死んだという報が入ってきました。父は、二等兵として中国に赴き、伍長に昇格した途端に地雷で吹っ飛んだということでした。ところがしばらくすると、父は無事、復員してきました。父の前にいた人は即死だったそうですから、間一髪で死から逃れたわけです。父は、汗臭い匂いをぷんぷんさせて「おめえが小僧か」と言って、私を肩の上に抱き上げました。幼かった私は、そこに修羅場をかいくぐってきた汗臭い男を感じとったのを覚えております。

その後私は、父に連れられて東京に戻るのですが、疎開前に父が住んでいた中野区上高田の家は焼けてなくなっておりましたので、神奈川県藤沢市の三軒長屋で暮らすことになりました。ところが、藤沢に出てきたときのほうが生活は苦しくなりました。田舎では、しょっちゅう空爆や艦砲射撃があり、恐ろしいと感じはしましたけれども、もっと恐ろしいものを体験したのは、藤沢に出てきてからでした。

食糧は慢性的になく、飢餓に苦しみました。また米軍のジープに石を投げた子供は手首を切られるなどという噂が広まりました。赤痢が流行り、生まれたばかりの私の弟はそれによって死ぬ寸前になりました。そして、私も道端のお地蔵さんの前に供えてあった弁当を食べたことが原因で腸閉塞となり、小学校二年、八歳のときに倒れ、救急病院に運ばれました。母の話では、その時私は「殺してくれ！」と何度も大声で叫んでいたそうです。

振り返ってみますと、三歳、八歳と、現在に至るまで何度か死に対面してきたわけです。医師の腕によって奇跡的に命拾いしまして、運よく生き続けているのです。私の世代は、だれもが死と隣り合わせの人生であったと思われます。

大学で中世の隠者文学を専攻し、卒業後は出版社に入ったわけですが、そこで自分が好きであった何人かの作家たちと会うことができました。

最初に私が会って感動したのは、三島由紀夫です。当時、駆け出しの編集者だった私は檀一雄さんの連載の担当をしており、檀さんにくっついて一緒に三島由紀夫の家に行って話を聞き、それから飯田橋のボディビルセンターでトレーニングをする三島氏に会ったのを覚えております。

その三島由紀夫が一九七〇年十一月二十五日、自決しました。

忘れもしません。その日私は築地を歩いておりまして、街中のラジオから興奮したアナウンサーの声で「三島自決」との報が聴こえてきました。それを聴いたとたん全身が硬直して、ただちに市谷の自衛隊前までタクシーで駆けつけました。しかし、すでに道路は封鎖されていて、敷地の中に入ることはできませんでした。

私は自分が敬愛していた作家が死ぬと、必ずその人の代表作を読むことにしています。作家が書いたものはすべての作品が、小説という形を借りた遺書であることを感じるからです。書店というのは「遺書の売り場」で、図書館は壮大なる「遺書の博物館」だと思います。

私は三島由紀夫の**『豊饒の海』**(新潮文庫)全四巻を読み返しました。

これは輪廻転生、人が死んで何者かにまた生まれ変わるという話であります。三島氏は自分は再生すると信じ、だからこそ壮絶な自決をしたのではないかと考えました。

翌年一月、三島氏の葬儀が築地本願寺にて営まれ、私も参列いたしました。葬儀委員長は川端康成でした。川端氏は会場で、「三島君の死は尋常ではなかったのでありまして、三島家すなわち平岡家では今日まで、昔風にいいますと蟄居閉門謹慎していられまして、葬式も二カ月後に延びた次第でございます」とあいさつし、最後には「もし騒ぎや乱れが起るようなことがありましたら、委員長といたしまして、直ちにいつ何時でも打ち切ることにさしていただきます」と宣言しました。三島氏の死は、自衛隊に殴り込んで自決するという、本来でいえば犯罪的な死であるため、葬儀の最中に右翼が街宣で騒いだり、あるいは過激派左翼が乗り込んでくる可能性もあり、そういう事件が起きるようであれば、ただちに自分の裁量で葬儀を取りやめますということだったのです。

川端康成の小説には、人間の死が背後からひたひたと押し寄せる

その川端康成も二年後の一九七二年四月十六日、没しました。

逗子に買っていたマンションの一室で、常備していた睡眠薬を飲み、飲めないウイスキーを喉へ流し込み、さらにガス管をくわえて果てるという壮絶な最期でありました。

私は川端氏を追悼し、どれを読もうかと迷いましたが、『**山の音**』(岩波文庫)を読むことにしました。川端康成という人は『伊豆の踊り子』や『雪国』が映画化されたこともあって、いわゆる叙情的な、ロマンティックな作風で知られておりますが、実は初期から常に死を見つめてきた作家です。川端氏の小説にはすべて、人間の死というものが背後からひたひたと押し寄せてくるのです。

『山の音』は川端氏が一九四九年から五四年まで、つまり作者が五十歳から五十五歳までの間に書き継いだ小説です。主人公は信吾という男ですが、川端氏の家があった鎌倉の長谷が舞台となっております。

「信吾のいる廊下の下のしだの葉も動いていない。

鎌倉のいわゆる谷《やと》の奥で、波が聞える夜もあるから、信吾は海の音かと疑ったが、やはり山の音だった。

遠い風の音に似ているが、地鳴りとでもいう深い底力があった。自分の頭のなかに聞えるようでもあるので、信吾は耳鳴りかと思って、頭を振ってみた。

音はやんだ。

音がやんだ後で、信吾ははじめて恐怖におそわれた。死期を告知されたのではないかと寒けがした。」

　この小説は、主人公が山の音を聞いて、自分の死期を告知されたと思い始めるところから始まります。そして、信吾が芸者に会ったときの話がその後に出てきますが、芸者が信吾のネクタイを外してから、身の上話を始めます。

「二月あまり前に、芸者はこの待合を建てた大工と、心中しかかったのだそうである。しかし青酸加里を呑む時になって、この分量で確かに工合よく死ねるのかという疑いが、芸者をとらえた。

『まちがいのない致死量だと、その人は言うんですの。その証拠に、こうして一服ずつ別々に包んであるじゃないか。ちゃんと盛ってあるんだ。』

　しかし信じられない。疑うと疑いが強まるばかりだ。

『だれが盛ってくれたの？　あんたと女とをこらしめに苦しませるように、分量を加減してあるかもしれないわ。』」

　川端氏が自殺したときに、私はふと、この芸者の青酸カリの自殺の話のシーンを思い浮かべたものです。

人間が生殖によって死を「克服する」ことは不可能である

そのころ、私が読んだ本にヴィクトール・E・フランクル／霜山徳爾・訳の『死と愛』（フランクル著作集2　みすず書房）があります。彼はもともと実存主義の哲学者でありまして、一番有名な本は、アウシュビッツ強制収容所の事情をつづった『夜と霧』です。

『死と愛』の一番最初に「死せるティリーに」という献辞があります。ティリーというのはフランクル夫人の名前で、彼女は一九四〇年代初頭、アウシュビッツ強制収容所において死にました。その彼女に寄せたのが『死と愛』という作品です。

本書の第二章のなか「死の意味」という項には、こうあります。

「死が全生涯の意味を疑問にするということ、すなわち死は結局すべてを無にするから、すべては結局無意義である、といかにしばしば主張されたことだろうか。しかし死は実際に生命の意味性を破壊しうるであろうか、そうではなくて反対である。なぜならば、もしわれわれの生命が時間的に有限ではなく、無限であったならば一体何が起きるであろうか。もしわれわれが不死であったならば、われわれは当然あらゆる行為を無限に延期することができるし、それを今行おうが、明日なそうが、あるいは明後日、一年後、十年後に行おうが同じことである。」

いわゆる実存主義的な死の意味についてですから、やたらと難しく書いてあるのですけれども、ごくあたりまえな現実を徹底した実存的立場で言っているわけです。どういうことかといいますと、例えば遺伝子論の立場から言うと、遺伝子が子孫を残すから、死は恐くないという解釈がありますけれども、そういう考え方をフランクルはきっぱりと否定しております。

「人間が生殖によって彼の『永遠化』をはかるというごとき誤ったやり方で死を『克服する』ことは全く不可能である。なぜならば生命の意味は子孫を遺すことであるという主張は誤っているからである。その主張はすぐ不合理であることが判明してしまう。第一にわれわれの生命は無限に継続されえない。家族や子孫も結局は死に絶えてしまうであろうし全人類も地球という星の終末には死に絶えてしまうであろう。もし有限な生命が無意味であったならば、その時にはいつ終末がくるか、それが予見できるかどうか、ということは全くどうでもよいことになってしまう。もし生命が意味をもっているならば、その時それはその長短や子孫の有無とは無関係に意味をもっているのである。あるいはもし生命が意味をもっていないならば、それは、たとえいつまでも続こうともあるいは無限に子孫を遺しえても何の意味も持っていないのである。もし子供のない女性の生涯がこの見地からみて実際無意味であるとするならば、それは人間はその子供のためにのみ生き、その実存の意味は専ら次の世代のうちに存するということであるが、しかしそれでは問題はただ延期されたに過ぎない。なぜならば各世代はこの問題を解決せずに次の世代へ押しやるからである。その時一つの世代の生命の意味は次の世代を育てること以外のどこに存すべきであろうか。或るそれ自身無意味なことを間断なく繰り返すことは自ら無意味なことである。なぜならばそれ自身において無意味なものは、それが永遠化されることによって少しも意味に満ちたものにはならないからである。」

読んでいくと、ああでもないこうでもないと思いが巡って、人間の死は、各自ひとりひとりの問題であってそれを包括的な論でくることはできないということがわかります。フランクルにとっては宇宙論も遺伝子論も認識としてのみあって、救済とはなりません。「死ぬための教養」はここで、また、もとへ戻って、人間にとって死は逃れることのできない現実であることを思い知らされます。

死という文字は、元来は人間の骨を意味するそうである

また、しばらくして、文芸評論家の村松剛『**死の日本文學史**』（新潮社）を手に取りました。これはキリスト教的な視点つまりヨーロッパ文化と、日本文化の両方から死というものを見つめているユニークな本です。

例えば「人麻呂とオフェリアのイメージ」という項では、アンドレ・マルローの小説『アルテンブルクの胡桃の木』の登場人物のセリフとして、こういうものが出てきます。

「『私たちは自分たちが生まれることを選んだわけではなく、死ぬことを選びもしないだろうということを知っています。両親を選びはしなかったし、時間にたいして何もできはしないということ。私たちそれぞれと宇宙の営みとのあいだには一種の……亀裂《クレヴァス》があることを、私たちは知っているのです。』」

宇宙というセリフがあるのですが、これは村松さんのオリジナル宇宙ではなくて、マルローからの引用なんですね。ここには岸根卓郎さんの『宇宙の意思』につながっていく無常思考があります。

「宇宙の何かの気まぐれが、小さな惑星のひとつの上に生命をつくり出した。しかし人間は遅かれはやかれ死ぬのだし、地球そのものもいつの日か、ほろびるであろう。そういう儚さを知っているのは人間だけであって、人間は知的にめざめるとともに『必然的に死に遭遇』しなければならなかった。『自分についての観念をもつということは、自分が死ぬべきものだという観念をもつことでした。』」

そしてまた、

「死んだ人間は、もはや決して自他を欺くことがなく、自分を汚すこともないように見える。生を死が、洗うのである。死に仮託されるきよらかなイメージは、おそらくここに基礎をおいている。」

ルネッサンスの論を片方で考えながら、もう一方で日本の柿本人麻呂のことを語っています。

「日本人は死に関して、独特の想念を培ってきた。その想念のあとを、辿ってみたいと思う。いいかえればそれは、微小な人間に永遠が課してきた巨大な問いへの、こたえの意味をたずねることである。」

そして「数多くの鎮魂の歌を、人麻呂は残している」と、人麻呂の歌を紹介しています。そういう日本文学史の中にあらわれた死の諦念、死の意味というものを追求した優れた本です。

一つ興味深い記述があります。

「死という文字は、元来は人間の骨を意味するそうである。

死は𣦵もしくは𣦸で、人と歺との合成文字であり、歺は残骨を意味する。人命尽きて残骨と化するの義也、と大漢和辞典にはある。

『しぬ』ということばは、古代の日本でもはやくから用いられている。

ぬばたまの甲斐の黒駒鞍着せば　命志儺《しな》まし甲斐の黒駒（雄略紀十三年）

かくばかり恋ひつつあらずは高山の磐根し枕《ま》きて死奈麻死《しなまし》ものを（万葉巻二、磐姫皇后）

しかし死の表現として一般的だったのは『まかる』『みまかる』『かくる』『ゆく』の方である。魂が肉体を出てどこかにゆく、ということだろう。『しぬ』の方は折口信夫によると漢音から出た『死ぬ』とは別系統の語で、ひとを恋い慕う意味の『しぬぶ』と同根であるという。」

死ぬを「デッド」ではなく、想いしのぶと捉えるところがユニークですね。

一九八三年五月四日、寺山修司が死にました。看取ったのは、私の主治医であった庭瀬康二でした。ドクトル庭瀬は取り乱しておりましたが、寺山の肝硬変はもともと持病でしたのでどうしようもなく、死を止めることはできませんでした。ドクトル庭瀬も苦悶したと思いますが、私はといえば、故人を偲んで阿佐ヶ谷の飲み屋で唐十郎と二人で朝まで飲み明かしておりました。唐さんが突拍子もなく「ここにある店を全部たたきつぶそうか」と言って、私が「だめですよ、店は関係ないんだから」となだめるぐらい、二人とも荒れておりました。

寺山修司を偲んで、『**田園に死す**』（ハルキ文庫）という歌集から好きな歌を七つ挙げてみます。

「新しき仏壇買ひに行きしまま行方不明のおとうとと鳥」

「暗闇のわれに家系を問ふなかれ漬物樽の中の亡霊」

「死児埋めしままの田地を買ひて行く土地買人に　子無し」

「挽肉器にずたずた挽きし花カンナの赤のしたたる　わが誕生日」

「わが塀に冬蝶の屍《かばね》をはりつけて捨子家系の紋とするべし」

「はこべらはいまだに母を避けながらわが合掌の暗闇に咲く」

「死の日よりさかさに時をきざみつつつひに今には到らぬ時計」

しんしんと心に沁みいってくる歌です。

一九八七年八月五日に、澁澤龍彥さんが亡くなりました。私は二十九歳のとき、澁澤さんとともにバグダッド、テヘラン、カイロを取材して回って、ひと月近く一緒に過ごしたことがあります。

私は学生時代に澁澤訳のマルキ・ド・サド『悪徳の栄え』や『神聖受胎』など澁澤さ

んの書いたものを片っ端から読んできました。その後の『夢の宇宙史』も衝撃的で、博学多才な澁澤さんは私の兄貴ぶんでした。

取材旅行での思い出は尽きません。バグダッドではこんなことがありました。フランス語などもちろんペラペラなのに、「おれはフランス語喋らないからな」と言い出し、代わりに私に喋らせようとするので弱ってしまいました。澁澤さんはスラッと痩せていて綺麗なものですから、ぱっと見ると性別不詳なわけです。イランにある砂漠の町、イスファハンの庭で二人でコーヒーを飲んでいる時、「マダム」なんて呼ばれて、しゃがれ声で「おい！　おれは男だって、おまえ言えよ」って私をけしかけるので、「澁澤さん、おれフランス語なんかしゃべれないから自分で言ってくださいよ」と言い返しました。ところが、「おまえ言えよ」なんて野太い声で言うので、言わなくてもすぐに男だとわかりました。イスファハンで買った骨董の銀の二つの腕輪の一つが、澁澤さんのところにあるはずです。

亡くなったときには『**唐草物語**』（河出文庫）の中の「火山に死す」という作品を読みました。プリニウスという温泉好きのローマ人のおやじが主人公の話です。

「温浴室の浴槽のなかで、のんびり手足をのばして、プリニウスはこうつぶやいた。『よりにもよって、おれの五十五回目の誕生日を明日にひかえているという日に、ウェスウィウス山が時ならぬ大爆発を開始しようとは、なんという不思議なめぐり合わせだろう。まるでおれの生涯の円環を閉じようという、神の意志がそこに働いているのでもあるかのようではないか。』」

結局プリニウスは死ぬわけですが、澁澤さんによると、

「プリニウスの死因については、古来、じつに多くの学者が多くの仮説を提出している。そのなかで、いちばん妥当なものとして認められているのは、次の二つであろう。すなわち、その一つは、硫黄の蒸気によって窒息死したのであろうというもの、もう一つは、卒中の発作に見舞われたのであろうというものだ。彼は肥満体質であったし、生まれつき気管がせまくて、よく息切れがしていたらしいからである。屍体は翌日、つまり八月二十六日の朝に見つかったが、小プリニウスの報告によると、『どこにも損傷がなく、その外観は死者というよりも眠れるひとのごとくであった』という。」

私はちょうどこのころから温泉に凝り始めまして、今では日本にある約三千の温泉の

うち、大体二千ぐらいは行ってしまいました。日本各地の温泉に入りまくっているわけですけれども、私もいずれこのプリニウスのように入浴中にどこかの火山が爆発して蒸し焼きにされるのではないか、などと心躍らせながら『火山に死す』を読むことで、澁澤龍彦氏を偲んだのでした。

人が死んでから七日以内に雨が降らないと、その人は成仏しない

一九八七年八月十八日、私にとって衝撃的な死がありました。私が敬愛していた、深沢七郎先生が埼玉のラブミー農場で死んだという知らせを受けたのです。深沢さんが死んだということを連絡してくれたのは水城顕さんです。水城さんは、文芸誌『すばる』の元編集長で、のち、石和鷹という筆名で小説『野分酒場』（泉鏡花文学賞）を書いた人です。水城さんは深沢さんのラブミー農場でいつも甲州ワインをがぶがぶ飲んでいた怪人で、咽頭がんで亡くなりました。

私は、晩年の深沢さんと疎遠になって破門の身でありましたが、何で生きているうちにもう一度会わなかったのかという後悔の念にかられて小説『桃仙人』（ちくま文庫）を

書きました。死去の報をきいて、「オヤカタ」と呼んでいた深沢さんの埼玉の農場にすっ飛んで行きました。

ざんざん降りの雨の夜、仏壇のある座敷の布団の上に、オヤカタの死骸が横たわっていました。何年か前、深沢さんもまじえ、ご自身の葬式の予行演習をしたことがあったのですが、その同じ部屋にオヤカタは横たわっていました。胸の上に、魔よけの包丁が置いてあります。深沢さんと暮らしていた料理人、ヤギ君の話によりますと、その日の早朝、サンルームにある床屋椅子に腰かけて、眠ったまま亡くなっていたそうです。朝食ができたのでヤギ君が声をかけると、既に死んでいました。

オヤカタのそばに、ヤギ君が戸惑った表情でぼーっと座ってます。顔にかけてあった白い布を外すと、オヤカタは口を半開きにして、目を閉じていました。まるで、何かを言おうとして、そのまま死んでいったような表情でした。

雨は一層激しくなりました。稲妻が窓ガラスへ閃光となって切りつけてきます。深沢さんが生前、こんなことを言ったのを思い出しました。

人が死んでから七日以内に雨が降らないと、その人は成仏しない——。

深沢さんはさっと死んで、その日のうちに雨を降らしました。ヤギ君は「わがままばかりの人ですいませんでした」と私に声をかけました。

そのうち篠原勝之ことクマちゃんがやってきて、線香に火をつけました。私は深沢さんが死んだサンルームへ歩いていって、天井に実っている緑色のブドウをつまんでかじりました。かたくて酸っぱい味がしました。深沢さんの枕元には、「やくざ踊り」のときに使った唐獅子牡丹の屏風が逆さにされて立ててあります。

「やくざ踊り」というのは、深沢さんが谷崎潤一郎賞を受賞したときに、ご自分で振りつけをして、私と赤瀬川原平さんたちが受賞式で踊った踊りです。クマちゃんが深沢さんの遺体の前で一人でトランペットを吹きました。ヤギ君とクマちゃんと、水城さんと僕の四人だけで一晩中すごしました。

土間のプラスチック屋根に吹きつける雨はますます強くなります。時々、バリバリと音を立てています。

私は深沢さんが死んだ床屋椅子に座って目を閉じました。過ぎ去った日々の記憶が、幻灯機の映像のようになって私の頭をめぐりました。二十一年前、初めてここにやってきた日も、同じように殴りつけるような雨が降っていたのでした。

テレビ局の女性レポーターがやってきて、通夜の模様を映したいと申し出ているのを、親戚の人が断っていました。水城さんこと石和鷹が目を赤く充血させてやたらと酒を飲んでいます。水城さんは深沢さんが最後まで縁を切らなかった、唯一の人でした。私は水城さんと無言で酒を飲み続けました。

編集者時代の一九六六年、私ははじめて深沢さんに会いました。私は一九四二年生まれですから、二十四歳のときに会いに行ったわけです。当時、私は入社したばかりでした。

深沢七郎さんは四十二歳の時、『楢山節考』（新潮文庫）でデビューして、それから四年後に『風流夢譚』を出版しました。その小説が原因で、出版元の中央公論社の社長・嶋中鵬二さんの自宅のお手伝いさんが殺害されたことは、当時、大きなニュースとなりました。

事件の後、深沢さんは身をひそめて、放浪の旅に出ました。私が初めてお目にかかったのは、放浪生活から帰って、ラブミー農場に居を定めたころです。

深沢さんは、知り合った人間を、順番に「切りすてていく」人でした。親しい人から順番に、縁を切っていって、最後に私も切りすてられました。

私は、深沢七郎『楢山節考』を読み直しました。深沢さんは一九一四（大正三）年、山梨県石和町生まれ。一九八七（昭和六十二）年、埼玉で死去。享年七十三歳。少年時代からギター演奏に熱中し、日劇ミュージックホールで演奏したこともあるほどです。『楢山節考』は、日劇ホールの楽屋で書いたと聞いております。周りに踊り子がいっぱいいる、そんな状況で死にいく母親のことを書いたのです。

『楢山節考』は、今までに三十回以上読んでいて、暗記すらしているお経のような短編小説です。内容はこうです。

「楢山節」という歌がある。それは、「楢山祭りが三度来りゃよ　栗の種から花が咲く」という歌です。この歌は、実は深沢さんが自分でつくった歌なのです。深沢さんはしょっちゅう自分の三味線で弾いてくれました。心臓病で息をぜいぜいさせながらも「夏はいやだよ」って歌うのです。「夏はいやだよ　道が悪い　むかで　ながむし　山かがし」、ペンペケペン……。それがしだいにすごくわいせつな歌になっていくのです。わいせつな言葉をどんどん入れながら即興で歌っていくのです。

小説では、おりんというおばあさんがあまり元気なので、食いぶちを減らそうと、自ら死にに行こうとします。そして息子が母親を楢山に捨ててくるという、非常に悲しい話です。一般的には、例えば「三十すぎてもおそくはねえぞ　一人ふえれば倍になる」というほど、食いぶちが増えるということはよくないこととされ、だからこそ自ら死んでいく恐ろしい、おどろおどろしい話だと評価されておりますけれども、よく読めば、これほどせつなくやさしい話はないのです。これは音楽のような小説です。

小説の中で「白萩様」という言葉が出てきます。白い萩とは、お米のことを意味しています。そんな言葉はあるんですかと深沢さんに尋ねたら、「そんなのはおれがつくった言葉だから、実際にはねえよ」と言っていました。これは自分のお母さんのことを書いたのだ、とも言っていました。

深沢さんは、実は右目が見えませんでした。薄暗がりの中で、左目だけでこの小説を書いたのです。深沢さんの叔母は「『楢山節考』は、すごく食いしん坊の小説だね」とおっしゃったそうです。また、「食い物のシーンを書くところがおまえはほんとにうまいね」と、おりんに模したお母さんも言ったそうです。片目が見えない深沢さんは、死にそうになった母親を背中に背負って、庭の花を見せに行ったりしたといいます。そういうことを思うと、積極的に死んでいこうとするおりんばあさんの話は、恐ろしい小説ではなくて、根源的にはすごくやさしい小説なのです。ですから私はレコードを聞くように『楢山節考』を読みます。

とにかくすごい。「性愛の秘儀化と即身成仏」

山折哲雄**『生と死のコスモグラフィー』**（法藏館）の帯にはこうあります。

「あの世を含む日本人の世界観・宇宙観の生成と変容の謎を、古代から中世にかけての豊富な図版で読み解く、仮説と創見を散りばめた山折日本学の集大成。」

この本で私が興味を持ちましたのは「成仏と性の大楽　真言立川流」の項です。

立川流は、蒙古が襲来した文永の役のころに流行したエロティックな密教です。性愛の道を修法にとりいれようとするところに妙があり、こういう宗教なら信者に入れていただきたい。武蔵国立川の地に発祥した異流です。私は立川のすぐ隣りに住んでいるのでよけい親密感をおぼえます。こんなユニークな宇宙観を密教でつくっちゃうという工夫がなかなかしぶとい。「性愛の秘儀化と即身成仏」という小見出しで、立川流の教義の概略が記されています。

「立川流法門は第一に、女犯《にょぼん》と肉食をとおして即身成仏を実現しようとするのだという。第二に、死者の髑髏を本尊とする秘法をおこなう。そもそも人間には三魂七魄《さんこんしちはく》がそなわっており、死を契機にして、三魂は去って六道（地獄・餓鬼・畜生・修羅・人間・天）をさまよい、七魄は現世にとどまって遺骸（ドクロ）に住みついて鬼神となる。そこで、行者は女性と交わり、赤白の二渧（男女の性液）を採取してこれをドクロに塗る。〈中略〉八年にわたってドクロに塗りつづけると、ついにドクロ本尊が語りだすという。」

要するにお経を詠んで、モクモクと護摩を焚いたりしながら信者と坊主と女性は、乱交パーティー状態になるらしい。

「行者（阿闍梨）が女と交わって性愛道的な即身成仏を完成し、その性愛の結晶（赤白二渧）をドクロに注入して、死者の再生を実現しようとするものであった。性愛（エロス）と死（タナトス）を回路とする、独自のエソテリズム（秘教）といってもいいだろう。」

本書の前半は、なかなか難解でありますけれども、こと立川流になりますと読むほうも一段と気合が入ってまいります。

第四章　一九九八年、五十六歳。ふたたび激しく吐血

そうだ、生きていたいのだ。どんなに苦痛や恐怖が襲ってきても

一九九七年、五十五歳になった私は『「不良中年」は楽しい』(講談社文庫)という不良オヤジのための本を書きました。

私が「不良中年」ということを言い出しましたのは、家族のために一生懸命働いて、そしてたかだか五十坪ぐらいの土地を買って、そのローンを払い終わって、子供たちがわずかな遺産を巡ってけんかをするということは全くくだらないと気づいたからです。五十歳を越えたらみんな不良オヤジになって、好き放題なことをして遊ぼうという提唱でした。早い話、三十歳のサラリーマンが三十年ローンで家を買えば、もうその人の生涯は終わったようなものです。

不良中年という言葉は流行語にもなりました。ついには翌年、マガジンハウスの『クロワッサン』という雑誌で不良中年座談会を行うに至ったのです。相手は、私の友人で『超隠居術』を書いた坂崎重盛氏と、テレコムスタッフの代表取締役の岡部憲治氏。友人であるマガジンハウスの大島一洋氏がつき合ってくれました。

私と坂崎氏と岡部氏の三人でサングラスをかけて、新宿の京王プラザホテルの屋上で不良中年のつっぱった写真を撮りました。それだけじゃ物足りないというので新宿ゴールデン街で写真を撮って、ワゴン車に乗った途端、私は激しく吐血してしまったのです。たまたまビニール袋を持っておりましたので、車を汚してはいけないと思い、袋のなかに血を吐きましたが、それもいっぱいになりました。一緒にいた友人たちは私が飲み過ぎて吐いたと思ったようですけれども、私は酒を飲んで吐くということはまずありません。自分でもおかしいなと思って、恐る恐るビニール袋を開けて見ると、ドロッと固まった血が入っている。それでも、一度吐血の経験がありますので、慌てずに京王プラザホテルに戻りました。携帯電話で事務所に電話をしまして、主治医のドクトル庭瀬にどこかいい病院を紹介してもらうように依頼しました。

私は、「人間の細胞は七年ごとに入れかわる」という説を、以前に『宇宙の意思』を読んで知ってました。ほぼ、その通りになったわけです。動くとさらに吐いてしまうことを前回の経験で知っておりましたので、車の中で、ビニール袋をしばって下に置いたまま一時間ほど動かずに休んでいました。それから二人の友人に両脇を抱えられたまま、対談のためにとってあった京王プラザホテルの上階にあるスイートルームに行き、しばらくベッドに横たわっていました。

まもなく、ドクトル庭瀬が車で駆けつけてきました。彼は「タケプロンという特効薬があるから、この薬を飲んでとにかく寝ていろ」といつになく強い調子で言うので、私は言われるままその薬を飲んで奥の部屋のベッドで寝ておりました。

三時間ほどたって、周りがガヤガヤうるさいので目が覚めてしまいました。すると、ダイニングフロアでは何と、ドクトル庭瀬を中心に全員がウイスキーやビールを飲んで楽しそうに宴会をしておりました。そのときにドクトル庭瀬は「吐血とは何か」ということを、みんなに講釈していたそうです。

私は再びタケプロンを飲んで、ベッドに寝ころんだまま「不良とは何か」というテーマで座談会を再開しました。ひらきなおっているから、さんざん好き放題にやればいいという内容で、座談会は無事終わりました。時刻はもう深夜の二時で、みんなは「ホテルに泊まっていけ」と言いましたけれども、ぶざまなまま、うちに帰ることにしました。

深夜ですから、新宿から自宅までタクシーに乗れば三十五分ぐらいです。

帰るなりまたビニール袋に吐血して、這ってトイレにいって流して、昏睡状態となって寝入りました。それから一週間、タケプロンを飲みながらずっと寝たきりの生活が続きました。病院に行かないかわりに、ドクトル庭瀬は毎日の症状、つまり血便が出るわけですが、どれくらい出るか、それから体調、つまり自分の診断書を毎日メモしてFAXしろと言いました。

その一週間のあいだ、寝ながらまた本を読み始めました。

まず最初に手にとったのは、スティーヴン・キャラハン／長辻象平・訳**『大西洋漂流76日間』**（ハヤカワ文庫）でした。この本は、七十六日間漂流するという海洋史上でもまれなサバイバル体験記です。著者のキャラハンは、一九五二年アメリカ生まれですから、私より十歳若い。

キャラハンが乗った救命ボートには、食料や飲料水をはじめ、サバイバルのための装備が完備されていたことは、不幸中の幸いでした。その中には、後に大いに役立った水中銃や、克明な記録を残すことができたメモ用紙の束などが含まれていました。

「絶望感がこみ上げてくる。声を上げて泣きたい気持になる自分自身をしかりつけ、その衝動を押さえこむ。泣いて水分を失うぜいたくは許されないのだ。唇をかみしめ、目を閉じて、心のなかで泣く。生きのびるのだ、そして生還することに集中するのだ。」

蒸留器を考案し水を作り、シイラを取るために何時間もモリを構えたままのときさえあったといいます。救命ボートに穴が開く危機、命綱ともいえるモリ先の紛失、彼の「死」を期待し、ハゲタカが上空を旋回する——。それでもキャラハンは、思いつく限りの創造性と執念で、装備を工夫し、様々な困難を克服していきます。

漂流五十一日目にはこうあります。

「刺しこむようなけいれん、激痛、動悸、はげしいこむらがえり、鋭い痛み。耐えられない。もう無理だ。」

「疲れた、まったくもって疲れきった。神、涅槃、解脱……。これらは、いったいどこにあるのだ？　それらは見えず、感じることもできない。ただ闇があるばかりだ。これは幻覚なのか、それとも現実なのか？　ああ、宗教と哲学の言葉遊び。」

そしてついに、漂流五十二日目に「彼ら」がやって来るのです。

「『やめてくれ！』とわたしは叫ぶ。『まだ行けない！　行くわけにはいかない！』亡霊を振り払えない。涙が顔をつたい、体を洗う海水と混ざる。わたしは死に、そしてまもなく……。

自分の気持がはっきりした。わたしは……そうだ、生きていたいのだ。どんなに苦痛や恐怖が襲ってきても、この先なにがおころうとも生きていたい。

身もだえし、すすり泣く。

『生きたい、生きていたい、生きつづけたい！』

〈中略〉

まずは仕事にかかることだ。それをしなければ、死ぬだけだ！　死が待ちかまえ、死にとらえられ、死に導かれるしか途はない。

——わかった。このチャンスを生かさなければならない。

——原点に立って問題を整理しろ。これまでに習得したものを生かすのだ。」

アメリカ人だからなのでしょうか、キャラハンは「生きること」に対してきわめて闘争的で、決してあきらめません。遭難者の九割が、三日以内で死んでしまうことを考えると、七十六日間も漂流した精神力がいかにタフかがわかります。

死ぬときは、みんな一人

さらに、もう一冊、似たような体験が書かれた日本版の遭難記があります。佐野三治『たった一人の生還──「たか号」漂流二十七日間の闘い』（新潮文庫）です。

これは、たか号という外洋レース用のヨットが転覆し、救命ボートで二十七日間漂流して、生還した記録です。

佐野さんは一九六〇年横浜生まれ。初めて参加した国際外洋レース「トーヨコカップ・ジャパン→グアム・ヨットレース'92」でこの事故に遇いました。嵐に遇い、出航して三日目でヨットは転覆してしまうのです。

「六人を乗せたライフラフト（ゴム製の救命いかだ）はあてどなく漂い始めた。そのいかだの中で、私はまだ震え続けていた。抑えていた今までの恐怖感が、一気に襲ってきたのである。生まれてこのかた、こんなに震えが来たのは初めてだった。」

というところで、私は、「まるで最初の吐血で入院していたころの自分のようだ」と思いました。私もまたベッドで漂流していたのです。

六人いた生存者は、十八日の間に、次々と死んでいきます。結局、最後に佐野さんだけが残りました。

「一人になってからは、ラフトの入口をたいてい閉めきっていた。開けて見て、周りが海ばかりであるのに耐えられなかった。一人だと、誰かと一緒に体を寄せあって暖をとることもできない。入口の蓋を開けておいて吹き込んで来る風は、一人きりの自分には、とても寒く感じられた。

この頃から、私はよく金玉を握りしめていた。自分の金玉を握っていると、不思議と落ち着くのである。」

というところを読みつつ、私も真似をしてみると、まったくその通りでした。夜、フトンのなかで眠りながら私も金玉を握りました。

一人になってからの佐野さんには、幻聴幻影があらわれたといいます。岸壁で楽しそうに遊ぶ子供たちの声、美空ひばりの歌を流す漁船、自動販売機……。

「コーラを買おうとするのだが、いくら探しても小銭がない。そんな夢も見ていた。もう私は精神的にも肉体的にも限界に近かった。」

やがて佐野さんは、金具を使い遺書を書き残します。

「書きながら、死んでいった彼らのこと、そして子供のことを思い、もう二度と抱き上げることもできないと、三度目の涙を流した。泣きながら、またよく涙なんか出るなと思っていた。涙の一滴、二滴の量でももったいないと感じる別の自分がいる。」

私は佐野三治さんのように漂流したわけでもないけれども、自分もまた「たった一人の生還」であったのだということに気づきました。どんなに多くの友人たちに囲まれていても、死ぬときは、みな「たった一人」なのです。

死はいまだ秘密であり、恐れと同時に、エロティックな感情もかきたてる

三冊めは、シャーウィン・B・ヌーランド／鈴木主税・訳の『**人間らしい死にかた——人生の最終章を考える**』（河出書房新社）です。死ぬとき、体に何が起きているのか、そして本当によい死とは何かというテーマの本です。

プロフィールによると、筆者のヌーランドはユダヤ系移民の子で、ニューヨークのブロンクスに生まれ育ち、十一歳のときに母親をがんで亡くしたことから、医学への道を志しました。大学の医学部を出て開業医になろうと思いながらも、医学の謎に取りつかれて、イェール大学で外科の教授になりました。三十五年間で約九千人の患者を診たそうです。

本のはじめにこうありました。

「めったに口にこそしないが、人は誰しも死とはどういうことなのかをくわしく知りたいと思っている。自分が最後に迎える病のたどる道筋が心配になるからか、それとも死の病にとりつかれた愛する人に何が起こっているのかを理解したいからか——というよりは一個の人間として誰もがもつ死への魅力からか——われわれは生命の終わりということを考えたくなる。たいていの人にとって、死はいまなお隠された秘密であり、恐れと同時に、エロティックな感情もかきたてる。否応なしに、われわれはこの最も恐ろしいと思っている不安に魅せられるのだ。危険とたわむれることから生まれる素朴な興奮を覚えて、強く引かれるのである。光とそれに引き寄せられる蛾、死と人間——その関係に大差はない。」

私がこの本に興味を持ったのは、数年前から急に父が老い始めまして、ぼけ症状が出てきたためです。父は朝日新聞社に勤め、定年前に退社して多摩美術大学教授をしておりました。白ひげを蓄えて仙人のように悠々と暮らす父親の姿は、私の誇りでありました。その父親が、急に壊れ始めたのです。

本書で私が印象に残ったのは、アルツハイマー病についてのくだりです。筆者はアルツハイマーを、原因がつかめない病気だとしております。

「現在『アルツハイマー型老年痴呆』と呼ばれている疾病は、〈中略〉一九〇七年に初めてこの問題が医学界の注目を集めて以来、いまだにその主要な原因がつかめないでいるために、いっそう研究者たちをてこずらせている。」

つまり、今なお現代医学ではわからないというのです。

「家族の苦悩」というくだりが胸に迫りました。

「アルツハイマー病の患者の家族は、前進する社会の日のあたる大通りからしばしば脇に押しやられ、それぞれ耐えがたい袋小路に何年もはまりこんだままのように思われる。

唯一の救いは、愛する者の死なのだ。そのときでさえ、記憶や恐ろしい代償は尾をひいて、不完全な解放しか得られない。安楽に暮らした一生も、分かちあった幸福も、成しとげた業績も、これ以後は最後の数年というしみだらけの眼鏡を通して見ることになるのだ。生き残った者たちにとって、人生の並木道は永遠に以前の輝きを失い、まっすぐでもなくなってしまう。悪鬼に名前をつけることでその恐ろしさが減じるというのは、おそらくあらゆる文化に共通の教訓であろう。」

アルツハイマー病は本人が大変なのはもちろん、家族の苦悩がおおごとであるということが、わかりやすく書かれております。

一般病院で迎える死は、なんで悲惨なんだろう

私は国立に住んでいるのですが、近所に作家の山口瞳さんがおられました。山口瞳さんは一九九五年になると体を悪くされ、入院されました。がんでした。『週刊新潮』にも、ご自分の病気のことを書かれていました。

私は一九九五年の七月、山形県の滑川温泉にある一軒宿に三週間ほどこもって、本を

書いておりました。そして、同じ山形のかみのやま温泉の葉山館に、山口さんが奥様と養生に来られたという話を聞いて、直感的に会っておこうという気になりました。滑川温泉からバスと電車を乗り継いで、かみのやま温泉に着いて、山口先生夫妻に会いました。

その頃、私が読んでいたのは、山崎章郎**『僕のホスピス１２００日――自分らしく生きるということ』**（文春文庫）です。

私の友人も何人かがんで死んでいきましたので、ホスピスについての本をいつか読もうと思っていました。ちなみに山口瞳さんも死の直前にホスピスに入り、そこで息を引き取りました。本書は医者の側から見た死という問題がテーマです。山崎さんの本は『病院で死ぬということ』を読んでいました。彼はその後『続　病院で死ぬということ』（共に文春文庫）という本も書いています。

第五章に「死にゆく人は、全て僕の師匠だった」とあります。まあ、医者から見ても、毎日扱ってどんどんがんの患者が死んでいくわけですから、死ぬ人にどう対応するかというのは、非常に難しい問題であると思います。

第十七章に、「立派な死、美しい死はあるのか」という項があります。これは納得のいく死であればこそということで、自分の意思によって真実を知った患者さんが、その時々の状況の中で、何が自分にとって最善なのかを考え選びながら生き抜いた日々の結果とか、そういう患者さんにとって衰弱してくる身体を通して迫りくる死をどう見るかという、つまり医者の側から見た死の、患者の死に方についての感想を書いたものです。

一人一人にその人固有の生き方があるということを、彼は説いています。

「しかし何故ホスピスという考え方が出現してきたのか、多くの人が死を迎えることになる一般病院の問題は何なのかということに思いを致すことができれば、その答えは自ずから出てくるのではないだろうか。」

ここでは、「一般病院で迎える死が悲惨なのは、知る権利や自己決定権等の諸々の患者さんの権利が守られていないこと」という種々雑多な問題がある。

「しかもそのような状況の中で死を間近にした患者さんたち一人一人が、それぞれ固有の人格や人生を持った人として医療スタッフからケアを受けているかというと、大抵の場合は忙しさ故に何人かの末期患者として一括りにされてしまっていることが少なくない。そのような場では残り時間の少ない人たちが自分自身の最後の物語を紡ぎだすことなど難しいことだろう。

我々がホスピスケアで目指したいことは、それら従来の医療現場で行われてきたことの正反対のことなのである。」

つまり、立派な死、美しい死を迎えるための病院の側のメッセージがこの本には書いてあります。

私は山口さんに会いまして、書きおろし小説の原稿を入れてから、一九九五年八月二十八日より北京に旅をしました。そして北京にて朝日新聞の記者から、山口瞳さんの訃報を知らされました。葬式に行かなければと思ったのですが、あいにくと北京での予定が全部詰まっていました。小説新潮の編集部から「明日まで一日ですぐ追悼文を書くように」という電話をもらいまして、その連絡で本当に亡くなったのだと実感しました。私は北京にて、徹夜して追悼文を書いてＦＡＸしました。

どうやって死んでいったらいいのだろうか

山口さんが死んだのは、一九九五年八月三十日です。山口瞳さんの最後の本となった

『江分利満氏の優雅なサヨナラ』（新潮文庫）にはこうあります。

「七月三日の月曜日。〈中略〉少し遅れて嵐山光三郎さん、嵐山さんは東北の温泉宿を放浪中で、この日は峠という駅からバスで姥湯へ行き、そのまた先きの滑川温泉からやってきたという。四日は静養に当てるつもりだ。」

この後に「不機嫌」の項があって、「何処《いずこ》へ」があって、「大事件」「高橋義孝先生」と続いて、一カ月後が最後の原稿になるわけです。その最後の原稿は「仔象を連れて」というタイトルです。

「私は、いま、病院での検査、手術が終り、リハビリテーション最中といったところだ。背中が痛い。

吃逆《しゃっくり》が出る。全身に電気が走り、飛びあがる。吃逆の特効薬は柿の蔕《へた》であるそうだ。すなわち、これも難病のひとつ。」

とあって、高橋義孝先生のことを書いています。

高橋義孝先生とは、山口さんが師匠のように慕っていた人です。もう既に亡くなっていましたから、死を悼んで、

「このようにして、私たち夫婦が敬愛してやまない高橋先生御夫妻と疎遠になってしまった。

どうやって死んでいったらいいのだろうか。そればかり考えている。唸って唸って(あれを断末魔というのだろうか)。カクンと別の世界に入ってゆくのだろうか。

私の家の裏手のH氏は長く病んでおられたが、ベッドの上でH氏が奥様の膝の上におやすみになる。つまり膝枕である。これが看護婦ではいけない。そうしてH氏は静かに亡くなられ、近所では『なんて幸福な死だろう』と取沙汰された。作家の色川武大さんも似たような亡くなり方をしておられる。どうしたらいいのか。

高橋先生の家の応接間で日本酒を飲んでいると奥様が入ってこられて、二人で出ていかれた。『夏物のハンドバッグが買いたいのですが、五千円ほど頂戴できませんですか』と言われたという。こういう御夫婦を、諸君、どう思われますか?」

これが最後でした。

いかに多くの人が、空海の教えにたよったか

一九九六年二月十二日に亡くなった、作家の司馬遼太郎さんには、私は編集者のころ、三回しか原稿を書いていただいたことはありませんでしたが、大変尊敬していた作家の一人です。『**空海の風景**』（中公文庫）上下二巻を読みました。

空海は、今から千百六十七年前、六十二歳で入定しました。入定というのは、禅定に入ること、つまり聖者が死去することです。空海は今、高野山の奥の院に祀られ、変わらずに世の人々を守ってくれていると信じられています。日本の僧侶の中で一番、人気のある人といっていいでしょう。その証拠に、死んでから一世紀以上たっても、奥の院の前に灯るロウソク火は、絶えたことがありません。死んでから千年以上もたっていてもです。高野山に行って驚くのは、実に様々な人々のお墓があることです。分骨なのでしょうが、歴代天皇をはじめ、徳川家康を始めとした武将、企業家、親鸞聖人の墓まである。いかに多くの人が、空海の教えにたより、偉大な存在であったかがわかります。

二十章にはこうあります。

「空海はすでに、人間とか人類というものに共通する原理を知った。空海が会得した原

理には、王も民もなく、さらにはかれは長安で人類というものは多くの民族にわかれているということを目で見て知ったが、仏教もしくは大日如来の密教はそれをも超越したものであり、空海自身の実感でいえば、いまこのまま日本でなく天竺にいようが南詔国にいようがすこしもかまわない。空海がすでに人類としての実感のなかにいる以上、天皇といえどもとくに尊ぶ気にもなれず、まして天皇をとりまく朝廷などというちまちまとした拵え物など、それを懼れねばならぬと自分に言いきかす気持さえおこらない様子なのである。

日本の歴史上の人物としての空海の印象の特異さは、このあたりにあるかもしれない。言いかえれば、空海だけが日本の歴史のなかで民族社会的な存在でなく、人類的な存在だったということがいえるのではないか。」

死にゆく母に何ができるのか、人にとって死とは何か、とボーヴォワールは悩みます

サルトルと一緒に暮らしていたシモーヌ・ド・ボーヴォワール/杉捷夫・訳の『**おだやかな死**』(紀伊國屋書店)も読みました。この本が書かれたのは一九六四年で、サルトルは当時「この本が君にとって一番すばらしい本だ」とボーヴォワールを讃えたといいます。

七十歳になるボーヴォワールの母が、がんになります。そして、がんを何よりも恐れていた母に病名を告知しないまま、四週間にわたる娘の看病が始まるのです。近代的な病院の中で患者は物のように扱われ、苦痛を伴う延命治療を主張する医師との対立、治療法への疑問などを抱えながら、死にゆく母に何ができるのか、人にとって死とは何か、とボーヴォワールは悩みます。娘としての愛情と、作家としての激しさが生み出す葛藤が、この本の中で語られています。

強く印象に残ったところを幾つか挙げます。まず、マッサージ師が母親を介護するくだりです。

「マッサージ師は寝台に近づき、毛布をはねのけ、母の左脚をつかんだ。寝巻の前がひらけ、母は平気で、小さな皺が一面にきざまれたしなびた下腹を人目にさらした。毛の抜けてしまった恥部。『ちっとも恥しいという気持がないよ、私は。』と、母は驚いたような様子で言った。『それでいいのよ、お母さん。』と、私も言った。しかし、私は目をそらし、庭を眺めることに専心した。母のセックスを見る。そのことは私に衝撃を与えた。」

こういうことを、逐一作家の眼で書いているわけです。

そうして母は死に行き、やがて形見分けの話が出てきます。

「私たちは母の親しいひとびとに形見をわけようと思った。毛糸の玉や編みかけの編みものの一杯はいった麦藁のかごを前にして、母の使った用箋セット、鋏、指抜きを前にして、感動が私たちを押し流した。品物の持つ力、それはよく知られている。ひとの生涯がその中で化石になる。生涯のどの時間よりも強く現存しながら。それは私の机の上にころがっている。孤児で、役立たずの身、廃品になるのを待っている。それとも別の身分を取得する折があるかも知れない。」

ここで私の意見を申しあげますと、だいたい六十歳を過ぎましたらいつ死んでもおかしくないわけですから、なるべく上質のものを身につけていたほうがいいと思います。形見分けするのに、三百円のキャラクターウォッチとか、そんな安物ですと貧乏臭くなりますので、死ぬ前からある程度高価な物を身につけておいたほうがいい。ちなみに私が今腕にしている時計は、七千八百円の安物のシチズン製ですから、そろそろいいのに買いかえたいと思っております。

さらに、ご多分に漏れず墓の問題が出てきます。

「私たちは大変な難問にぶつかっていた。私たち一家はペール・ラシェーズ墓地に永代墓所を持っていた。私の曾祖父の姉にあたるミニョ夫人という人が百三十年前に買ったものだった。ミニョ夫人はそこに葬られた。祖父、その妻、その弟、それにガストン叔父、父、みなそこに眠っている。すでに一杯で、余地がなかった。このような場合には、一時仮の墓にいれておいて、前に葬られているひとびとの骨をひとつの棺の中へ集めたあと、一家専用の墓穴の中に埋める。」

要するに、家の墓場は骨がいっぱいなので、自分の母親の骨が入らない。そして、そこに入るまでの間は霊柩安置所に保管することになるわけです。自分の母の遺体が墓に入らないとはあまりにひどいと、ボーヴォワールの妹は嘆きますが、そのときのことをこう書いています。

「私たちは自分自身の埋葬の総稽古に立ち合っているのだった。不幸は、万人に共通のこの冒険を、各人が単独で生きるということである。」

「病院から持ち帰った用箋セットの中に、母が二十歳頃と変らぬ固いしっかりした手蹟で、細い紙片の上に書きつけている二行の文字をみつけた。『埋葬は簡単にしてほしいと思います。花も冠もいりません。お祈りをたくさん。』はからずも！　私たちは母の遺言を実行したのだ。花が置き忘れられただけに一層忠実にそれをはたしたことになる。」

ボーヴォワールと言えば、有名なのは『女ざかり』です。朝吹登水子さんの訳したこのタイトルは、直訳すると「年齢の力」という意味です。

この『おだやかな死』は、いわゆるボーヴォワールの自伝物語から一歩抜け出した本でありまして、作品中の人物関係が、ナマのまま描かれています。『招かれた女』において華々しくデビューした彼女が、母の死に直面してこういう本を書くに至ったわけです。

さて、私の家ですが、父は東京の浅草生まれで、浅草に代々の寺があります。そこに父方の祖父の骨も入っていて、骨はもう満杯です。父は末っ子のため、その墓には入れません。墓を買うなどということは、今まで考えたこともありませんでしたが、父は高尾山の高尾霊園に分譲墓地を買い求めていました。墓石は父が死ぬまで建てませんでした。いずれ、母も私も、その墓に入ることになります。

自分が衰えていくことを医者はわかってくれない

松田道雄さんといえば、『私は赤ちゃん』『私は二歳』『母親のための人生論』や、育児百科などで有名な小児科医です。その松田先生が、『**安楽に死にたい**』（岩波書店）で「死」についてふれています。

一九〇八年生まれの松田さんは、はじめにこう書きます。

「私は今年数え年九十になりました。ありがたいことにまだ寝込まずにいます。そして仕事もつづけています。仕事といっても岩波書店から出している『育児の百科』の年一度の改訂のために、外国の医学雑誌を読んで新しくみつかったことを書きぬいているだけです。これはソファにねころがってできることですから、体力がなくてもやれます。

体力にかんしていえば、去年の夏から急に弱りました。何もしないでいても、全身がだるいのです。脚が弱くなって、立ち上がるのに何かにつかまりたくなります。立ってしまえば歩けますが、一五〇メートル先のポストに郵便を入れにいくのがやっとです。」

自分が衰えていくことを医者はわかってくれない。松田さんは自らも医者でありながら、そう痛感するわけです。

「ものの考え方もかわってきました。

それは死ぬのが近づいた気配をいつも感じることです。死ねば呼吸がとまり心臓がはたらかなくなり、脳に血がまわらなくなって、意識がなくなります。この世に生まれる以前の状態にかえるのですから、それはこわくありません。こわいのは息をひきとる前に、病院でいろいろ苦しまなければならないことです。

どうせ死ぬのなら楽に死にたい。痛みだの、息苦しさだの、動悸だのはごめんだ、安楽に死にたいと思うのです。それは年をとって弱った人間が、万人が万人願うところです。」

これは、私の父が同じようなことをくりかえして言っておりました。母も「死ぬのはしかたがないけれど、死ぬ前にぼけたり、人に迷惑をかけたり苦しんだりするのが嫌だ」と言っています。このように日本の老人は、みな同じことを考えていると思われます。

松田さんはさすが博学のお医者さんだけあって、安楽死の本を書くのにも『日本往生極楽記』『大日本国法華経験記』とか『歎異抄』、そういうものを例に出します。

安楽死をテーマにした小説としては、森鷗外の『高瀬舟』を挙げています。

「大正五（一九一六）年に鷗外は『高瀬舟』という小説を書きました。京都の西陣で働いている仲のいいみなし児の兄弟の話です。弟が重い病気になり、兄に迷惑をかけたくないのでカミソリ自殺を企てました。それが失敗して、血は出るし、苦しいしで困り切っているところに兄が帰ってきました。弟はひと思いにカミソリを引き抜いてくれれば死ねるから抜いてくれと懇願します。その時の兄の気持を鷗外は書いています。

『ここに病人があって死に瀕して苦しんでいる。それを救う手段は全くない。どうせ死ななくてはならぬものなら、あの苦しみを長くさせて置かずに、早く死なせてやりたいと云う情は必ず起る』

そういう人間の情から兄はカミソリを引き抜いて死なせ、殺人罪に問われ遠島になるという小説です。」

そういう例を挙げつつ、最後は刑法二〇二条（教唆）まで持ち出して、患者の自己決定権が認められるように強く主張しています。

「自ら生を断つことを敗北として恥じることも、最後の瞬間まで生ののぞみをすてないことも、自己決定権にぞくし、そのどれをえらぶかも市民の自由であるからだ。『近代的自我』は文学だけの問題でない。ある時点で死をえらぶ決断をせまられることのある市民の厳粛な選択をふくむものである。」

というふうにおっしゃっている。これは、年老いた方の、全く素直な述懐であると思います。

鷗外は、最後の土壇場で世間に論争を挑んだように思われます

さて、私は吐血して倒れる前の年に、『文人悪食』（新潮文庫）という本を書きました。三十七人の文人が何を食べて死んでいったかということを調べて綴った本なのですが、そこに森鷗外のことも書きました。

「大正十一年七月、六十歳にして鷗外は死ぬが、この年の元旦は顔色が悪く、萎縮腎、肺結核が進行していた。

　元旦に宮中拝賀ののち、津和野藩主の小石川の家へ立ちよってから、妹の喜美子の家へ立ちより『打ち止めだ』と言った。喜美子の家で、汁粉を一杯食べて、『服が重くて肩が凝る』とこぼした。このときの鷗外の服は金モール一面の礼服である。そのとき『このころは頭だけで生きているような気がする』と語った。食事の量も減った。」

「死ぬ三日前の七月六日、賀古鶴所に遺言を口述した。その内容はつぎのようなものである。


　余は少年の時より老死に至るまで一切秘密無く交際したる友は賀古鶴所君なり。ここに死に臨んで賀古君の一筆を煩わす。死は一切を打ち切る重大事件なり。奈何なる官憲威力と雖《いえども》此に反抗する事を得ずと信ず。余は石見人森林太郎として死せんと欲す。宮内省陸軍皆縁故あれども生死の別るる瞬間あらゆる外形的取扱いを辞す。森林太郎として死せんとす。墓は森林太郎墓の外一字もほる可らず。書は中村不折に依託し宮内省陸軍の栄典は絶対に取りやめを請う。手続はそれぞれあるべし。これ唯一の友人に云い残すものにして何人の容喙をも許さず。」

役人でありながら最後は宮内省からの栄典を全部断ったという有名な遺書です。森林太郎として死せんとすと。この遺書の読み方はいろいろありまして、中野重治は、「殆ど絶望的な最後の反噬《はんぜい》」というふうに言っておりますし、高橋義孝は、「人間らしく生きることのできなかった恨み」と分析しております。鷗外という人は、陸軍軍医総監まで務めた人ですけれども、最後の土壇場で世間に論争を挑んだように思われます。

生命の歴史の一瞬に存在し得た奇跡を思う

二度目に血を吐いてから、私は大体三日に一冊ぐらいのペースで本を読み続けました。一日の半分ぐらいは音楽を聞いて、残りは死についての本、老いの問題を読んでいくという過ごし方が体にいいようです。友人が持ってきたのは、『**われわれはなぜ死ぬのか　死の生命科学**』（草思社）という生命科学者の柳澤桂子さんの本でした。

柳澤さんは一九三八年生まれ。ご主人も息子さんも学者です。ご本人はお茶の水女子大学を出て、コロンビア大学大学院を修了しました。慶応医学部の助手や民間の研究所を経て、生命とは何かということを問い続けている研究者です。

本書の第一章では「死―見るもおぞましきもの」と題して、こう書いています。

「死はかぎりなき崩壊である。野ネズミが、虫けらが、細菌が私のからだを完全に喰いつくす。あるいは、私のからだは焼却炉のなかで燃やされて灰になる。この『私』という存在と灰の軽さの乖離は耐えがたいものに感じられる。わずかに残った骨のからからという音の何と虚ろなことであろうか。

それは生きているものにとっては、漆黒の闇であり、底知れず恐ろしいものであろう。それでもなお人間は死というものを見つめてきた。それは動物として最大の不幸なのであろうか。人間が死をどのように受けとめてきたかということを〈中略〉考えてみたい。」

こういう感じでずっと進められておりまして、死をどのように考えるかということを書いていきます。

「生命の誕生以来三六億年の間、細胞分裂はつづいている。細菌細胞から生殖細胞へと受け継がれた生命は途絶えることなく増殖をつづけている。とうとうと流れる生命の河はとどまるところを知らない。しかし、栄養状態が悪くなったり、環境が生存に適さなくなると細胞は死ぬ。不慮の死をとげた細胞は、三六億年の間にどれぐらいの数になるのであろうか。

このような受動的な死に対して、アポトーシスは能動的な死である。生命の河のなかで回転をつづける細胞分裂周期のチェック・ポイントを通過できなかった細胞は、生命の主流からはずされる。これは細胞に死の運命があたえられたことを意味する。」

そして、

「尊厳死を考えるにしろ、安楽死を考えるにしろ、死の生物学的な側面、心理学的な側面を十分に考慮する必要があるのではなかろうか。」

というのが彼女の主張であります。

「三六億年間複製されてきたDNAは、私の生の終わりとともにその長い歴史の幕を閉じようとしている。その一部は子や孫のからだのなかで複製されつづける。三六億年間書き継がれた詩は、最後の一行を生殖細胞に残して私とともにこの世から消え去ろうとしている。

生命の歴史の一瞬に存在し得た奇跡を思うとき、私は宇宙のふところに優しく抱き上げられ、ジプシー占いの水晶玉のように白く輝いて、宇宙の光に融和しつくすのである。」

ここでは遺伝子論が救いとなっています。

自分を客観的に静かに見つめ死にゆく実況中継をする

これも吐血の前年のことですが、一九九七年八月十日、敬愛する作家、江國滋さんががんで亡くなりました。六十二歳でした。死に至る様子は、『**おい癌め酌みかはさうぜ秋の酒**　**江國滋闘病日記**』（新潮文庫）という本に書かれております。

がんの闘病日記というのは、実に数多く出ていますが、そのほとんどが、がんにかかった記念に書いたシロモノであります。特に芸能人にありがちなのが、「死んだら本書を妻に捧ぐ」とか何とか、今まで自分がさんざん好き放題やってきたことのおわびとして闘病記を書くパターンです。あるいは、死後みんなが自分を評価してくれるという期待から書く。しかし江國滋さんの闘病記は、その類とはまるで違うものであります。

はじめに、本人が書き遺した自らの「死亡記事」が出ています。

「おれ。随筆家。一九九七年八月十日、食道癌のため死去。六十二歳。著書『落語美学』『スペイン絵日記』『日本語八ツ当り』『俳句とあそぶ法』ほか多数。」

私は、江國さんの本では『慶弔俳句日録』というのを愛読しております。これは、一九九〇年三月から七年間、新潮社の国際政治経済情報誌『フォーサイト』に連載されたものをまとめた本です。毎月何かしら慶事凶事にかかわった人々を俳句で読むという、いわゆるプロの俳人とは違った視点で書かれた、文人の俳句日誌です。

『おい癌め……』の第一章は、「残寒やこの俺がこの俺が癌」という句で始まります。一九九七（平成九）年二月五日から始まり、ここに「ハルシオン一錠、九時半ごろに寝つく。」という記述があります。このハルシオンという睡眠薬は、私もここ五年間愛用している睡眠薬でありまして、服用したときは絶対酒を飲んではいけないと医者に言われております。それほどの効き目があります。ハルシオンとアモバン、さらに精神安定剤のデパス二錠を、ウイスキー水割り二杯と飲むと私は大体一時間で眠れます。「ハルシオン一錠」という文字を見ただけで、我が友のように思えてくるのです。

『慶弔俳句日録』に書かれている江國さんの句は、軽妙洒脱でした。芭蕉が言う「軽み（かろみ）」に通じる息があり、おもわず笑ってしまうユーモア本です。ところが、死ぬ寸前に書かれた句は、そういう洒脱なものではなくなってしまっているのです。例えば、

七月二十五日　「死が勝つか時間が勝つか夜の秋」
七月二十六日　「いやうまき採尿コップの氷かな」
七月二十七日　「死に尊厳なぞといふものなし残暑」

そして八月八日の午前二時、江國さんは辞世の句を『慶弔俳句日録』用の原稿紙の裏に書きつけます。

「敗北宣言
おい癌め酌みかはさうぜ秋の酒」

この本は、よくある闘病日記などというものとは格が違って、時には医者を強く批判したりもしている。あたかも死にゆく実況中継のように、自分を客観的に見つめる静かな目があるのです。

第五章　二〇〇一年、五十九歳。タクシーに乗って交通事故

人の一生も国の歴史も川の流れと同じ。久しくとどまることなく流れる

二〇〇〇年四月三日、父が八十七歳で亡くなりました。病名は急性肺炎。死ぬ寸前まで意識がありまして、枯れて落ちるようにすーっと死んでいきました。私は子供のころ父によく殴られ、泣かされたこともたびたびでした。小学生のとき、父に言われて覚えているのは、「男は、親が死んだ時以外泣くな」というセリフです。その言葉で思い出しましたが、私は父が死んだ時は、涙も出ませんでした。一つには、それまで母と一緒にずっと年老いた父を看護してきた疲れから解放されたという気持ちのほうが、正直言って大きかった。そして、父の死というものを看護のときより、受け入れていたという気もします。

立川昭二さんの『日本人の死生観』（筑摩書房）は、西行や鴨長明、吉田兼好、松尾芭蕉など十数人を例に書いてます。

西行については、たまたま私も小説を含めて三冊の本を書いておりますし、鴨長明に

関する本も出しています。また吉田兼好に関しても、三冊ほど書いています。芭蕉に関しても三冊ほど著書があります。つまり、ここに登場してくる人は、みな私の興味対象と重複するのですが、北里大学名誉教授である立川さんは、医療の観点から死の文化史を見ておられる。同じ人物を扱っても視点が全く違うので、はっとする驚きがありました。

はじめにこうあります。

「日本人は生と死をどのように考えてきたか。日本人の死生観を代表的な古典の中にたどり、先人たちの生き方死に方にもふれながら、日本人の心性の基層に今日も生きている死生観を現代に生きる私たち自身の問題として考えてみたい。」

まず、西行が出てきます。冒頭の見出しは「花と月——死に場所と死ぬ時期」。西行の有名な、「願はくは花のしたにて春死なんそのきさらぎの望月のころ」という歌は、最も知られた歌ですけれども、ここには、いつごろどこでどういう具合に死ぬかという、日本人の理想が入っているわけですね。

西行はなぜかくも尊敬されたか。これは私の意見ですが、この辞世の歌は、死ぬ七カ月前につくった歌なのです。そのころはまだ秋でありまして、とても花が咲くまで西行はもたないだろうと言われてました。ところが西行は、みんなに「明日死ぬ」と言われ続ける中、とにかくふんばって七カ月生き延びて、きちんとこの歌に合わせて死ぬわけです。それが見事だというので、藤原定家がこの歌を新古今集に取り上げた。つまり、この辞世の歌によって、西行は一躍超有名な歌人になったという側面があります。

私の父が死にました四月三日は、ちょうど桜の花が散っている頃でした。そして、父の友である老人が杖をつきながら、小さい短冊に、震えるような字で俳句をしたためてくれました。そこにはこうありました。

「センメイ君へ　花の下西行のごとゆかれけり」

ちょうど桜の花が散っているときに、君は西行みたいに死んだねという句です。私は、父は本当にいい時に、うまいこと死んだなあと思ったのでした。

次に出てくるのは鴨長明です。

「ゆく河の流れは絶えずして、しかも、もとの水にあらず。よどみに浮ぶうたかたは、かつ消え、かつ結びて、久しくとどまりたる例《ためし》なし。世の中にある、人と栖《すみか》と、またかくのごとし。」

これもまた、日本人の多くが暗記している有名な文章です。なぜみんなが覚えるのかというと、人生の無常を詠ったということだけではなく、人の一生も国の歴史も川の流れと同じで、久しくとどまることなく流れて行くという観点が、日本人の胸を打つわけです。

そして吉田兼好。兼好のすごいところは、僧侶でありながら「死後」というのをまるであてにしていなかった。来世を信じない坊さんというのが、じつに含蓄ぶかいものなのです。無常を唱えながらも、あくまで現実主義者です。『徒然草』からの引用を読みますと、

「あだし野の露消ゆる時なく、鳥部山の煙立ち去らでのみ住み果つる習ひならば、いかにもののあはれもなからん。世は定めなきこそいみじけれ。(第七段)」

この「世は定めなきこそいみじけれ」というのは、世は無常であるからこそいいのだということです。来世を信じていなかった兼好の、鋭い現実的な目がそこにはあるわけです。

それから芭蕉についても書いてあります。『幻住庵記』も出てきますが、立川さんが

目をつけたのは『野ざらし紀行』であります。芭蕉は五回の紀行を書いておりまして、一番最初は『野ざらし紀行』、最後が有名な『奥の細道』であります。

「野ざらし」というのは骸骨、死骸という意味です。一度江戸に出た芭蕉の芭蕉庵が焼けて、周りが死体だらけになります。芭蕉は江戸に出るときに、「野ざらしを心に風のしむ身かな」という句を読みます。自分はどくろになって旅をするんだ、と。つまり芭蕉は旅に出るときに死を覚悟していた。『野ざらし紀行』というのは、芭蕉庵が焼けて、自分の母が死んだので、その菩提をとむらうために伊勢に戻る紀行文でありますけれども、立川さんは『奥の細道』の巻頭を取り上げて、

「『古人も多く旅に死せるあり』と言っているように、旅することは死と隣り合わせであった。」

と書いております。

遺族には、患者の問題が終結した後も、長い悲しみが待っている

私が学生のころ、うなるようにして読んだ本に坂口安吾の『**堕落論**』（新潮文庫）があ

ります。いや、私だけでなく多くの友人のほとんどがこれを読んで、「堕ちるまで堕ちよ」という安吾の主張に共鳴して生きてまいりました。

二〇〇一年の夏、『週刊朝日』のグラビア企画で「夢の職業」という企画がありまして、私は「坂口安吾になりたい」と申し出て、坂口安吾の格好をして写真を撮りました。それが本扉の裏にある写真です。

写真を撮るにあたっては、坂口安吾の一人息子でプロカメラマンの坂口綱男さんに依頼しました。安吾さんは一九五五年、四十八歳で死にましたが、綱男さんもほぼ同年代になっていました。綱男さんは亡き父上に顔がそっくりで、安吾さんの仕事着や、掛けていた度の強い丸眼鏡、それから死ぬとき残っていた「坂口安吾」と付箋の入った原稿用紙や使っていたライターなど、遺品を何点か持ってきてくれました。林忠彦さんの写真で有名な安吾の書斎を再現しまして、安吾さんになりきって撮ってもらいました。

撮影後、私は上機嫌で綱男さんと新宿で飲みました。お開きとなって個人タクシーを拾ったのが午前一時ごろ、綱男さんを乗せて家まで送ったのが一時二十分ぐらいでした。私の家は国立ですので、その後初台から高速道路に乗りました。深夜なので高速道路をみんな猛スピードで走っていました。

高井戸の出口にさしかかったところで、「事件」は起きました。後ろから来た無謀ドライバー、二十六歳の男とのちにわかりましたけど、その男が私のタクシーを追い越そうとして追い越し切れずに、左側から激突してきたのです。二〇〇一年七月二十六日の深夜二時、私は高速道路上の車の後部座席で失神してしまいました。

犯人の男は高速を逃走しましたが、前を走っていた別の個人タクシーが逃げないように進路を塞いでくれたため、高井戸から降りて逃げたそうです。ところが、これで終わりません。私の乗っていたタクシーの運転手が「ぶつけられて逃げられた」と、怪我をしながらも無線で仲間の運転手たちに位置を伝えるや、瞬く間に近くにいたタクシーが集結し、五台ぐらいで男の車を取り囲んでパトカーに引き渡してくれたのです。

警官が、その場で男の免許証や自賠責保険証、身分証、一切合切をコピーしたそうです。私は終始意識を失っていたためにことの顚末が全くわからず、犯人の男も見ていません。カバンの中にあったノートとか財布、それによって私の身元が判明して、自宅に電話がかかってきたそうです。そのまま杏林病院救急センターに運ばれました。車はむちゃくちゃに壊れ、危うく死ぬところでした。翌日、整形外科に行きまして、「全治一カ月」という診断書をもらいましたが、実際には回復するまで一年間かかりました。いまになっても、その後遺症で首の骨が痛んだままです。

このとき私は、死んでいたかもしれないと心から考えました。思い起こせば、澁澤龍彦氏とテヘランよりイスファハンに向かう途中、乗っていたタクシーが、時速百六十キロで前から来たトラックに衝突しそうになって、よけた勢いで砂漠の中で車ごとごろごろと八回転したことがありましたが、そのときも一命をとりとめるどころか、澁澤さんも私も全くの無傷で済みました。そんなことをふと思いました。

私は、血を吐いたり交通事故にあったりするたびに、いつも間一髪のところで死なずに済むので、何やら自分には強運があると思いつつ、また家で一カ月ほど寝込むはめになり、エリザベス・キューブラー・ロス／鈴木晶・訳の『**死ぬ瞬間　死とその過程について**』（中公文庫）を読み始めました。

「死の否認ができなくなった人は、死に挑戦し、それを克服しようとする。猛スピードで高速道路を走っても事故死しなかった者、あるいはベトナムから無事に帰還できた者は、自分には死に対する免疫があると感じるだろう。われわれは味方の戦死者の十倍の敵を殺した——こんなニュースが毎日のように流れるが、これは私たちの願望のあらわれなのではなかろうか。すなわち全能と不死身を願う私たちの幼児的な願望を投影しているのではないだろうか。もし国民全体・社会全体が死を恐れ、死を認めないならば、破壊的な自衛手段に訴えざるをえない。戦争、暴動、増加するいっぽうの殺人、その他の犯罪は、私たちが受容と尊厳をもって死を直視することができなくなった証拠かもしれない。」

さらに、

「死後の生——これ自体も死の否認だが——を本気で信じている人もほとんどいなくなった。死後の生を期待できないとなれば、死について考え直さなければいけない。天国で苦しみが報われないのなら、苦しむこと自体に意味がなくなる。もし私たちが社交やダンスパーティーのために教会の活動に参加するようになったら、教会がそれまで持っていた目的、すなわち、希望を与え、この世の悲劇の目的を教え、死後の生を信じなければとうてい受け入れられないようなつらい出来事を理解し、意味づけする機会は失われる。

矛盾するように聞こえるかもしれないが、社会が死を否認する方向にすすんだのにたいし、宗教は、死後の生、すなわち不死を信じる人びとを多く失い、その意味で死を認める方向へとすすんだのである。患者にしてみれば、これは不幸な交替だった。かつては宗教における死の否認、すなわち、この世での苦しみは死後に天国で報われるという信仰が、希望と目的を与えてきたのに、社会による否認は希望も目的も与えず、ただ不安を大きくし、現実から目をそらし、死を直視するのを避けるために人殺しをするような破壊性・侵略性を助長させるばかりだった。」

著者紹介では、ロスは一九二六年スイスのチューリヒ生まれです。チューリヒ大学に学んだ後、アメリカに行ってニューヨークのマンハッタン州立病院やコロラド大学病院勤務などを経て、シカゴ大学ビリングズ病院で「死とその過程」に関するセミナーを始めました。だからこの人は、『死ぬ瞬間の対話』とか『死ぬ瞬間の子供たち』『「死ぬ瞬間」と臨死体験』とか、死ぬ瞬間についてのことばかり書いているのです。

事故が起きたとき、私は結構泥酔してリラックスしていたために命をとりとめたと思うのです。けれども、そのときもガーンと首の裏をバットでなぐられるような衝撃がありました。それ以降は三時間以上失神状態で、全く記憶がありません。これは、シュナイドマンの『死にゆく時――そして残されるもの』の項でも触れましたように、あのまま打ちどころが悪くて死んでしまえばそれっきりだったわけで、おそらく死ぬ瞬間というのは、人間は知覚できない。そしてそれは、当たり前のことですが、後で生き返ってから「知覚できない」と分かるものなのです。

この事故のとき、すぐさま、家族のことを考えました。ちょうど「患者が死んだ後の家族」というくだりが、この本にはあります。

「患者の死後、家族に対して神の愛を語ることは残酷だし不適当である。家族のだれかを失ったとき、とくに覚悟する時間がほとんどなかった場合、人は怒り、絶望する。このような感情は表に出させてやらなければならない。家族は解剖に同意したとたん、放っておかれることが多い。彼らは残酷な現実を直視できずに、苦悩し、腹を立て、あるいは呆然として病院の廊下をただ行ったり来たりする。」

残された家族の問題について詳しく書いてあります。

「多くの遺族は故人の思い出にひたたり、夢想を繰り返し、しばしば故人が生きているように話しかけることさえある。」

例えばうちの母がそうで、毎日仏壇に、「お父さん、朝ご飯ですよ」とか、「きょうは桜の花が咲きましたよ」などと話しかけています。仏壇に写真があって、傍から見たら、一人暮らしの老人が仏壇に向かってぶつぶつしゃべっているというのは時代錯誤のようですけれども、身内から見ると、父は母の中で生きているわけです。

「彼らは現実の生活において孤立するばかりか、大切な人の死を現実のものとして直視するのがむずかしくなる。だが、人によっては、これが喪失感に対処する唯一の方法であり、それを嘲笑ったり、受け入れることのできない現実を毎日つきつけるのは、とても残酷なことである。むしろこういった家族の欲求を理解し、孤立した状態から徐々に引き出して、故人の死から切り離させるほうが助けになる。こうした行動は主として、若くして夫を失い、しかも覚悟ができていなかった妻によく見られる。」

まあ、若い場合はそうですね。そしてこう提案しております。

「私がここで繰り返し強調したいのは、遺族が話をしたり、泣いたり、わめきたければわめいたりできるようにしてあげるべきだということである。話をさせ、感情を表に吐き出させてあげ、いつでも話し相手になってあげなければならない。遺族には、患者の問題が終結した後も、長い悲しみが待っている。患者の病気が悪性だという診断が下ったときから、死後何か月も後まで助けや心の支えが必要である。」

この本には、末期患者へのインタビューというのがついております。医者は末期患者にどう接しているかという実態があらわになっていて、これはがんにかかった人には参考になると思います。

宮沢賢治も法華経にすがっていた

国立にある私の家には、宮沢賢治の「雨ニモマケズ、風ニモマケズ」の大きな拓本が額にかかっています。そこが私の寝室となっております。

父は賢治のことが好きで、賢治の「雨ニモマケズ、風ニモマケズ、雪ニモ夏ノ暑サニモマケヌ丈夫ナカラダヲモチ、慾ハナク、決シテ瞋ラズ、イツモシヅカニワラッテヰル。一日ニ玄米四合ト、味噌ト少シノ野菜ヲタべ」に始まり、最後は「サムサノナツハオロオロアルキ、ミンナニデクノボートヨバレ、ホメラレモセズ、クニモサレズ、サウイフモノニ、ワタシハ、ナリタイ」で終わる、これは高村光太郎が書いた碑を拓本にとったものだと思われますが、一畳ぐらいの大きさのものを額装にして、私の寝台の上にかけてあるのです。だから、小学校三年の頃から寝るたびに「雨ニモマケズ、風ニモマケズ」というのを読んできました。ところが、私の半生を振り返りますと、「雨ニモマケタ、風ニモマケタ、マアドウデモイイヤ」というのが実状でありました。私も宮沢賢治の文学は好きで、以前、賢治美術館に行ったときのことを思い出しながら、『**宮沢賢治「雨ニモマケズ手帳」研究**』（筑摩書房）という、小倉豊文さんの本を読みました。

そこで、私は一つ発見をしました。「雨ニモマケズ、風ニモマケズ」の原文は、賢治が黒い手帳に書いたものだったのです。本書にはその図版が載っていて、ずっと「雨ニモマケズ」の詩が続いているのですが、多くの人が知っているこの詩からは、一番重要なことが抜けていることに気がついたのです。

「サウイフモノニワタシハナリタイ」の隣に、「南無妙法蓮華経」という経文が書いてあるのです。つまり、「雨ニモマケズ、風ニモマケズ」というのは、「南無妙法蓮華経」

という文字を書くための序章に過ぎなかったということです。「雨ニモマケズ、風ニモマケズ」というのは、経の序文であって、賢治もまた法華経にすがっていたのです。賢治は、若いころ東京に出てきて、国柱会という国粋的で過激な日蓮宗の宗派に一時入りました。彼の家はもともと真宗なのですが、親鸞の浄土真宗から、日蓮宗に改宗いたします。

私ごとですが、父が死んだとき、父が墓地を買っていたので助かりました。買っておいた高尾の霊園に新しい墓を建てまして、骨を入れました。前の寺は日蓮宗だったのですけれども、今度の高乗寺は曹洞宗なのです。我が家はその時から曹洞宗となりました。親戚の人には「改宗したのですか」と言われましたけど、「いや、この墓がある高乗寺は曹洞宗だから、曹洞宗がいいんです」と答えておきました。

がんを告知されたとき、患者はどう考えればよいのか

六十歳にもなると、本当によく友達が死にます。思いつくだけでも、自分の知人、友人、親戚でがんで死んだ人はもう百人を超すでしょうか。そして、今なおがんで入院し

ている友人もいっぱいいる。私はまだがんになったことはありませんけれども、けっこう「がん本」は読んでます。柳原和子さんの『がん患者学　長期生存をとげた患者に学ぶ』（晶文社）という本文二段組の分厚い本があります。

柳原和子さんは一九五〇年生まれ。この本は、著者の母と同じ卵巣がんを患った自らの三年間の体験を記録して、同時に末期・再発・進行がんの長期生存者と日本のがん医療に警鐘を鳴らす専門家にもインタビューしております。

本書の第一部「患者は語る」では、まず身近な仲間たちを訪ね歩いています。「一つとして同じがんがあるだろうか？」「明らかながんの所見は認められません」「医師をたよったのが、まちがいでした」「いろいろな治癒のてだてがある」「玄米で治そうなんて、アホか」といったタイトルで、がんになった友人との対話が続いていきます。

つぎは、代替医療関係の紹介を受けた人たちへのインタビュー。タイトルは「生命をとるか、失明をとるか」「頑張ったらだめ、この病気は」、あるいは肺、甲状腺がんの人の「がんになるための生活だった」という談話、「再発したら、食いたいものを食う」という腎臓がんの人の話など。

さらに著者はアメリカを訪ね、二人の日本人がん患者にインタビューしています。それぞれ「エンジョイ・ユア・ライフさ」「ネバー・ギブアップ！」という題です。

第二部は、専門家へのインタビュー。「がん患者はなにを怒り、恨むのか」、あるいは「抗がん剤治療、その選択権は誰に？」。それから、「開業医が進めるサイコオンコロジー」。

そして第三部はいよいよ自分の体験。「再生——私とがん」というタイトルです。

一九九七年五月九日、著者は大学病院でがんの告知を受けます。

「緊急入院した総合診療内科の内科医の呟きが、私とがんという病名との最初の出合いだった。

『この症状の卵巣がんで、五年生存率は二〇パーセントですね……』

肺がどっぷりと水に浸かり、深い咳き込みと背中の鈍痛に喘いでいた当時の私の症状を思えば、当然の予測だった。だが、私にはそうした告知を受けとめるだけの心の準備も予備知識もない。五人に一人しか五年を生きられない、という統計値は私の心を根底から揺さぶった。

震えがとまらない。」

そのときに母親の記述が出てきます。

「まさか、と否定したかった。

同時に、やっぱり、とも納得していた。

四年間の闘病の末に卵巣がんで亡くなった母が発症したときと同じ四七歳という年齢を迎えたばかり……それが『やっぱり』という感覚の理由である。」

「母は当初、卵巣嚢腫、と診断されて入院し、手術を受けた。

手術が終わったあと、ガラス窓の向こう側に呼ばれていった父がグラリと倒れかかるのを私は見た。

『お腹を開けてみたら、がんでした、卵巣がんです。手のほどこしようもないほどに広がっていましたので、いじらないほうがいい、と判断してなにもせぬままに閉じました』

父はおそるおそる尋ねた、という。

『ほかになにか手だてはないんですか？』

『現在のところは……』

『いったいどれくらい生きられるんでしょうか？』

『三カ月から、せいぜいが半年……』

目の前で生きているにもかかわらず、私たち家族は医師の宣告によって母の死までの時間を知らされた。」

柳沢さんの母親は、柳原さんの二十歳の誕生日に息を引き取りました。そして、今度は自分ががんを告知された。そういう経験をもとに、様々ながん治療の問題、患者がどう考えるかということを誠実に綴った本です。


自殺願望は、事故をおこしやすい傾向を高めるひとつの要因になっている

ところで、無謀ドライバーとの事故により私がなった頸椎ねんざというのは、大体まず一週間目に激烈な痛みが来まして、右を向くには体ごと右を向く、左を向くには体ごと左を向かざるを得なく、つまり首が回らぬ状態となりました。そんな時に私は東嶋和子『**死因事典　人はどのように死んでいくのか**』（講談社ブルーバックス）という本を読みました。これは、第一章から十章まで、成人病、心臓病、脳の病気、がん、自殺、安楽死、と様々な死因を事典にしたものです。

私は元来、分裂症気質のために「うつ」になるということはほとんどなかったのですが、床に伏してからというもの、全く仕事をする気力がなくなって、それまで続けていた仕事が手につかなくなりました。つまりうつ病にかかってしまったのです。やる気が失せて、どんどん仕事が遅れていく。その悪循環が続いて、ちょうどJR中央線に乗ろうとした時に突如、飛び込んで死のうか、という衝動にとらわれて、気持ちを抑えるのに苦労しました。こういう経験は、はじめてのことでした。

この本の第六章に「心の風邪　うつ病」という項があります。

「一九九六年の患者調査によれば、精神障害の入院受療率（入院と外来の患者数）は、人口一〇万人あたり二五九で、循環器系の病気とならんでもっとも多い。がん一三四、消化器系の病気七三をはるかにしのぐ患者数なのだ。『精神および行動の障害』による死者は、九八年に三二八七人いた。」

とあるところに目が釘づけとなった。「入院、外来とも精神分裂症がトップ」というので、じゃあ私もこれかなと思いました。

「二番目はうつ病で、外来が多い。患者調査では、うつ病の治療を受けている人は約二〇万人と推計されたが、患者は潜在的にはその数倍いるとみられ、診療を受けていない人までふくめると約一三〇万人といわれる。」

確かにうつ病の友人は多く、優秀な友人に限って、うつの時に会うとまるで人が変わってしまったようになります。

私もそういう状態になってしまったのでしょうか。読んでいくと、

「うつ病になりやすい人は、きちょうめんで物事をいいかげんにできず、人一倍ストレスを受けやすい。神経伝達物質がいつも過放出の状態にあって、それがつづかなくなると、がくんと落ちこむ。」

これは半分あたっているのですが、「きちょうめんで物事をいいかげんにできず」というのは、私は当てはまらない。気まぐれで、物事をいつもいい加減にするので、これを読んでやや安心したわけです。

過労自殺をする人は、事前に体調不良を訴えて、内科で受診していることが多いといいます。しかし、ほとんどの人は初診ではうつ病の診断を受けないケースが多いそうです。

ここにも交通事故のことが出てまいります。

「事故をおこしやすい傾向を『事故傾性』というが、榎本助教授は『自殺願望は事故傾性を高めるひとつの要因になっているといえそう』という。フロイトは、落馬事故によって死んだ例やピストルの暴発でけがをした例をあげ、たえず機会をうかがっている自己懲罰の傾向が、偶然に与えられた外的な状況をうまく利用して、自分を傷つけるという目的を達成する。すなわち、無意識的な自殺の意図がからんでいたと説明している。」

これはなかなか当たっていると思いました。不良中年で好き放題なことをやっていて、こんなんでいいんだろうかと思っていたところ、車にぶつけられたのは懲罰である。なるほど見えざる神が私に罰を与えたのだろうと思って、著者の東嶋和子さんの略歴を見ますと、元読売新聞科学部記者で、一九六二年生まれ。写真を見ると聡明そうで美しい方なので、今度お会いしてお話を伺いたいと思いました。

詩をつくること、詩を楽しむことで自分の死後の世界を克服する

『私の死生観』（新潮選書）の著者の宗左近さんは、一九一九年生まれの詩人・哲学者です。この本は、八十二歳になられた宗さんの、死生観の本であります。

本の帯には、「美を生きるほかない私にある日の夜、虹が見えた…死者が生者を鎮魂する独自の幸福論」とあります。神がかっておられる。

いつも考えることですが、私たちは、死んだ人の葬式をすることによって、「人間は死ぬものだ」ということを教えられます。友人の葬式に行くたびにそのことを感じます。

第二章は「憲法の下には『死体』が埋まっている」という題がついています。

「一九九六年の八月、三人のかたが亡くなりました。八月四日、俳優渥美清さん（68歳）。八月十五日、政治思想史学者丸山眞男さん（82歳）。八月十六日、俳優沢村貞子さん（87歳）。」

この三人を追悼して、宗さんは「憲法の下には死体が埋まっている」という論を展開

されています。

この本には、「死者の霊と交流する夢」として『往生要集』のことが出てまいりますが、宗さんも同様なことがあるらしくて、自分の母親のことを挙げています。

「ここで少しだけ母のことに話を移します。母がぼくを身ごもって臨月の、ある夜ふけのことです。お便所に行っての帰り、縁側のガラス戸を開けて、鉢の水で手を洗おうとします。田舎の庭の闇は濃いのです。その闇の中にぼおっと何かが浮かんでいる気配です。何だろうと、母が顔を前に出します。すると、その何かもすうっと、こちらに顔を出すのです。あっと叫んで、母はその場で気を失いました。それがお腹にひびいて、胎児であるぼくはこの世へ出るのがこわくなったらしく、臨月を二カ月も過ぎて、やっと生れ落ちることになったのでした。

闇の中で、おぼろな顔のようなものを見た、と母はいっていました。だが、その顔が何の顔であるかは分からずじまいです。人間の顔だったのか、木のコブだったのか、それともヘビの顔だったのか。いずれにしろ、闇の中のものに見られたのでした。ひょっとしたら、闇を通して、闇のはるか向こうの、宇宙の外の存在かもしれないもののに……。」

宗さんは、こう書いています。

「この源信の渾身の作品の成立のすぐあとに結成された『二十五三昧会《ざんまいえ》』の発願の文章の中には、『極楽往生の望みを遂げた者も悪道に堕ちた者も、必ずその由をこの世の結衆に知らせよう』とあります。しかし、死者がどんな手段によって生者に知らせるのか。それは、生者の夢のなかに出てきて、あの世のことを伝えるのです。当時、夢は第一の生の延長上にある第二の生でした。

だが、夢そのものが力を失い変質してしまった現代では、いったい、どういう力に頼ればいいのか。その頼ることのできるただ一つのものが、詩なのです。」

詩をつくること、あるいは詩を楽しむことによって自分の死後の世界を克服するという提案をなさっております。

帯にありますように、本書には「夜の虹」という不思議な章があります。宗さんによると、この「夜の虹」は宇宙論的な輪廻転生の舞台であるそうで、斎藤文一さんがこう解説しています。

「かつて始源宇宙は無限な空間と永遠の時間とが唯一点に集中して折り畳まれていた。それがビッグバンによって解放され、今やその過程のまっただ中にある。その中で、まさに一瞬の揺らぎによって万物が次々にお目見えするわけだが、その一つに輪廻転生の場面もあるという。そういうものが『夜の虹』だ。」

そして、解説はここからがおもしろい。

「そこでは永遠と瞬間がせめぎあい、その閃きが中空にとどまって幻の言葉を吐く。この言葉を聞きとるには、著者が編み出した、短かからず長からずといった絶妙な『中句』という技法によるしかない。ここでは死者たちも呼びよせられて『中句』を口ずさむ。かの地獄極楽をきわめた源信も、芭蕉も、ダンテも、母も、従妹も、セキセインコだって、みながそれぞれ競い合って『中句』を発するのだ。」

眠れずに過ごす夜は、魂にとって重要なのである

ヘルマン・ヘッセは、『車輪の下』や『デミアン』『荒野の狼』『ガラス玉遊戯』などで知られるドイツの作家で、一九六二年に亡くなりましたが、岡田朝雄・訳『**地獄は克**

服できる』（草思社）は、彼の作品の中から抜粋して、フォルカー・ミヒェルスという人が編集した本です。

これによりますと、ヘルマン・ヘッセは不眠症であったことがわかります。

「こんなふうに眠れずに過ごす夜は魂にとって重要なのである。つまり、魂は、このような眠れない夜にだけは、自分の見るものに驚かされても、ぞっとしても、裁きを受けても、悲しんでも、外からのさまざまな力に揺り動かされずにほんとうの自分自身になることができるからである。私たちが昼間ずっと送っている感情の生活はそれほど純粋なものではない。感覚が激しく影響し、理性が前面に出てきて、さまざまな感情の動きに判断の声や、比較の微妙な刺激や知性のデリケートで破壊的な刺激などを混入させるからである。

魂は半ばまどろみながら、感覚と分別のなすがままになり、何日も何カ月も、半年ものあいだ五感と分別に従属し、抑圧されて生きつづけるのであるが、ついに魂の出番がきて、」

ここからさきがおどろきです。

「不安におびえた、眠られぬある夜に、魂は分別と感覚の束縛を断ち切り、これらに寸断されずに一体となって自分の思うままに、なんの制限も受けずに生きて活動する、とある。」

ここに、彼の「すべての死」という詩があります。

「ありとあらゆる死をすでに私は死んだ
あらゆる死をこれからも死ぬつもりだ
樹木になって木の死を
山になって岩石の死を
砂になって土の死を
がさがさ鳴る夏草になって草葉の死を
そしてあわれな血なまぐさい人間の死を死ぬつもりだ

花となって私はふたたび生まれよう
木となり草となって生まれ変わろう

魚や鹿や小鳥や蝶となって生まれ変わろう
そしてどの姿からも
あこがれが私を駆り立てて
最後の苦しみへ
人間の苦しみへと
段階を引き上げるだろう

おお　引き絞られてふるえている弓よ
もしあこがれの凶暴な拳が
生の両極　誕生と死を
互いに折り重ねようとしたら！
なおしばしば　さらにいくたびも
おまえは私を死から生へと駆り立てることだろう
再生の苦痛に満ちた道を

再生のすばらしい道を」

ヘッセは一八七七年生まれ。これは一九一九年、つまり四十二歳のときの詩です。

さらに、死者の顔のことが出てきます。

「私はひとりの友人の葬儀の手伝いをしなければならなかった。突然死んでしまったその友人は、決して世捨て人などではなく、陽気で社交的な人物であった。別れを告げようとして、その死者のおだやかになった顔を見つめたとき、私はその顔に、人生という楽しいゲームから急に引き離されてしまったことに対する不満も、苦痛も読み取ることができなかった。そうではなくて、彼が、もうこの謎に満ちた人間の生活をゲームとして行うのではなく、ついにそれとほんとうに真剣に取り組むことができ、それが許されたことに対しての心からの了解と、一種の満足感を読み取ったのである。この死者の顔は、私に多くのことを語ってくれた。そしてそれは私を悲しませるどころか、よろこばせたのである。」

やっぱり、死者の顔を見てそこに一種の喜びを見るというヘッセというのは、ただ者ではありません。

人の命には値段がある。誰でも簡単にその金額を算定することができる

山本善明さんは、一九三七年生まれ。六〇年に日本航空に入社後、六二年から法務担当としてニューデリー事故、モスクワ事故、クアラルンプール事故など二十三件の航空事故処理に携わり、賠償問題も担当。そして、「逆噴射」で有名な八二年の羽田沖事故の処理も手がけた、その道のエキスパートです。『**命の値段**』（講談社＋α新書）の「はじめに」にはこうあります。

「『人の命には値段がある。誰でも簡単にその金額を算定することができる』

こういう言い方は、人の命の尊厳に対する不遜な振る舞いとして、多くの人々の反感を買うことだろう。〈中略〉

しかし、その一方で、命には値段があるのである。」

何歳で不慮の死を遂げると賠償額はいくらになるかということが、こと細かく載っている、具体的で便利な本です。

「命の値段」のサンプルをいくつか見てみます。まず給与所得者の算定例。四十五歳大

卒男子、一家の支柱の人ですと、九五七〇万～一億二一三一万円プラス弁護士費用（以下同じ）となります。六十五歳大卒男子となると、五三七三万～六四二四万円。

次は事業所得者のケース。四十二歳男子、すし屋経営、妻および子二人の場合は、七三七五万円から一億三八四万円、それだけかかる。

続いて主婦。四十五歳大卒専業主婦だと、五〇四七万～六四六四万円。それから学生が死ぬとどうなるか。例えば、二十歳男子大学生。五九六二万円～七六〇六万円となっています。

それと同時に、ここにはいろいろ便利な表がありまして、命の計算をするのには、ライプニッツ式係数表というのと、ホフマン式係数表という表があるのです。それから、年齢別平均余命表というのが出ています。私は六十一歳ですので、男六十一歳の平均余命は二十・一歳。だから私は、平均で言えば、八十一まで生きるわけですね。ちなみに五十歳の男性の平均余命は二十九・三七歳。あと二十九年だから、七十九歳まで生きるということになる。これは、男女別の表です。

つぎに、何歳から何歳までは幾らという学歴・年齢区分別の平均年収表があります。

大卒の男子六十歳から六十四歳までは、平成十一年は七三三万円。六十五歳以上になると、七〇九万円。これは現実的にとても役に立つ本です。

こういった例を紹介する一方で、著者の山本さんは「高額な命の値段は『絵に描いた餅』であるという現状にもふれています。現実に、この手の本の殆どは、被害者の側から書かれてます。こんな事故に遭ったらこれこれの補償金がつく、と。ところが我々は、車を運転していることも多いわけで、いつ自分が人をはねて殺してしまうかもしれない。そうなった場合、一億円、二億円という賠償額が裁判所で算定されても、とても払えないので弁護士を頼んで自己破産という手を使う。結局、被害者のやられ損という現実がある。では実際にはどうしたらいいかという問題提起をしているものです。

遺産がない人ほど、遺言状をちゃんと書いておいたほうがいい

私はまだ遺言を書いておりませんが、六十一歳になったので、そろそろ書こうと思っています。そして、その参考となるのは、大東文化大学法学部教授・小野幸二さんによる『**やさしい遺言のはなし**』（法学書院）です。目次を見ますと、「遺言とは何か？」「遺

言書は実際どうつくるのか」「どんな場合に遺言をすればよいか」「遺言の効力」「遺言の事故とトラブル」、それから「遺産にかかる税金」と章分けされており、非常に具体的にかつ詳しく書かれている手引書です。

土地や財産をたくさん持っている人はいいだろうけど、自分はそんなに貯金もないし、家だって大したものはないんだから、遺言なんか書かないほうがいいと思っている人がほとんどなのですが、法律専門家に聞いてみますと、実は財産がないと思っていても案外あるもので、例えば定期預金、郵便貯金が三百万あって、それから自分の通帳に二百万あって、ローンで買った三十坪の家があったりする。そして子供が二、三人いたりした場合、その遺産が少なければ少ないほど、後の争いはひどいものになるわけです。大金持ちのほうが争いになると思われがちですけれども、むしろごく普通の生活をしている一般のサラリーマンの方が大変だというのが現状です。遺産がない人ほど、遺言状をちゃんと書いておいたほうがいいんですね。そういう意味で、これは役に立つ本です。みなさんもこれを読んでぜひ遺言を書きましょう。

井伏鱒二、六十歳の飄々とした余裕。こういうふうに生きてみたい

私もいよいよ還暦を越えました。余命表によると、あと二十年ほど生きるそうですけれども、何しろ還暦ですので、ますますウルトラ超隠居をしまして、仕事をへらして、なるべくマイペースでだらだらと生きていきたいと思います。

最後に、私の好きな作品を一つ挙げます。井伏鱒二の**『還暦の鯉』**(講談社文芸文庫)です。井伏鱒二さんには何度かお会いしましたが、一番よく覚えているのは、深沢七郎さんと山梨の石和温泉の桃畑に行った時のことです。古いうなぎ屋で私と深沢さんがうなぎを食べていると、奥に井伏鱒二さんが何人かの方といらして、「やあやあ」と言って、一緒にそこで鯉こくの料理を食べた思い出があります。

「還暦の鯉」は、エッセイ集の中の短篇です。どういう話かといえば、東北地方へハヤ釣りに行ったという話です。ところが、大きいやつもいるのになかなか釣れない。あきらめて翌日は最上川の上流に行きますが、ここでもあきらめて、物淋しい町の井上さんという旧家を訪ねて美術館の古陶器を見せてもらう。その翌日も、上ノ山温泉の近くの長谷川さんという旧家を訪ねて、またここで刀剣やら蒔絵と同時に、還暦の鯉も見せて

もらう。そして最後は、

「翌日は気温が低くて雪解水が減じたので、昼すぎから釣をしてみたが一尾も釣れなかった。結局、私は一尾も釣らずに帰りの汽車に乗った。」

という短編です。

魚釣りに行って全く釣れなかったということをさらりと書いている。飄々とした余裕があります。こういうふうに生きてみたいという一つの指標になりまして、私は今でもこの作品をこよなく愛しているのです。

あとがき

父の死が数日後にせまったとき、父は「おめえはいやな野郎だ」と私をののしり、病院の看護婦にむかって「この息子は大バカモノですよ」とにくまれ口をきいた。母に対しては、もっとふてくされて、いっさい言うことをきこうとしなかった。

いつもの父はおだやかな性格で、そういうことを言う人ではないのでびっくりした。こういった悪たれ口は、死にいく者のいらだちを親しい肉親に言ってまぎらわす、父の最後の甘えのようにも感じられた。

母は黙って応対していたが、私を呼びよせて「遺族が悲しまないように、わざと嫌われる言い方をするのです。いい人で死んでしまうとみんな悲しむから、憎まれっ子になろうとしているのよ」と説明してくれた。母は別の人でもそういう経験をしたという。それに父の性分をよく知っている母だから言えることで、これは「死なれる側の教養」である。その母も八十七歳となった。

父がぼけて母の言うことをきかなくなったとき、私は父をどうにか寝かしつける毎日で、母とともに大変な日々であった。父が死んだあとの葬儀や法要、あるいはその他もろもろに関して、私は全力をもって母を補佐したつもりであったが、ささいなところで言いあいとなり、「老人の気持ちなど、あなたにわかるはずはないわよ」と泣かれた。そう言われる私も六十一歳となり、自分のために「死ぬための教養」を身につけようと準備をはじめた。

「死ぬための教養」は、百人いれば百通りが必要であって、それは各自ひとりひとりが身につけていくしかない。幸い、先人たちには、死についての深い考察をなした人がいて、そういった識者の本を吟味熟読して読み、自分なりに納得するしかないのだ。

この本を書いている最中に、私の主治医であり、この本に登場する庭瀬康二氏が、六十二歳で急逝した。急性のスキルス性がんで、あっというまに死んでしまった。私の命の恩人であり、死を語りあう数少ない友人であったため、途方にくれたままだ。また、澁澤龍彦氏の元夫人であった詩人・翻訳家の矢川澄子さんが、長野の自宅で自殺した。その他ここ一年のあいだに私は大切な友人を七人失った。

ドクトル庭瀬は、自分のがんに気づいたときは、すでにがんは全身に転移していたらしい。庭瀬氏にはベストセラーになった『ガン病棟のカルテ』（新潮文庫）がある。がんで死ぬと覚悟したとき、奥様に「いままでせいいっぱい生きたからこれでよしとする」と語ったという。

また、昨年の八月三日、羽田空港内で小松行き飛行機へむかうバスで私の隣席に坐った客が、心不全で急死した。翌朝の新聞記事で、大御所建築家の元京大教授と知った。

天才の医者も学者も凡人もスポーツ選手もみんな死んでいく。長い闘病生活のはてに死ぬ人も多く、いまの時代に求められるのは、自分が死んでいく覚悟と認識である。来世などあるはずがない。いかなる高僧や哲学者でも、自己の死をうけいれるのには力がいる。

いかにして悠々と死んでいくことが出来るか。いかにして安心し自分の死を受容することが出来るか。自分を救済しうるのは、使いふるした神様や仏様ではなく、自分自身の教養のみである。祖母は、九十九歳のときに「いままで好きなことをしてきたから、この世に未練はないが、死んだことはないから、死ぬとはどういうことなんだろうねえ」と言いながら死んでいった。こうなると死ぬことが愉しみにさえ思えてくる。死への考察は、人間の最高の興味の対象であろう。

二〇〇三年三月

嵐山光三郎

嵐山光三郎　1942（昭和17）年静岡県生まれ。作家。國學院大学卒業後、平凡社入社。雑誌『太陽』編集長を経て、独立。著書に『素人庖丁記』（講談社エッセイ賞）、『芭蕉の誘惑』（ＪＴＢ紀行文学大賞）、『文人悪食』など。

Ⓢ新潮新書

004

死《し》ぬための教養《きようよう》

著者　嵐山光三郎《あらしやまこうざぶろう》

2003年4月10日　発行
2003年4月20日　2刷

発行者　佐藤隆信
発行所　株式会社新潮社
〒162-8711　東京都新宿区矢来町71番地
編集部（03）3266-5430　読者係（03）3266-5111
http://www.shinchosha.co.jp

印刷所　株式会社光邦
製本所　株式会社植木製本所

ISBN4-10-610004-5 C0295

Ⓢ新潮新書

001
明治天皇を語る
ドナルド・キーン
前線兵士の苦労を想い、みずから質素な生活に甘んじる——。極東の小国に過ぎなかった日本を、欧米列強に並び立つ近代国家へと導いた大帝の素顔とは？

002
漂流記の魅力
吉村　昭
海と人間の苛烈なドラマ、「若宮丸」の漂流記。難破遭難、ロシアでの辛苦の生活、日本人初めての世界一周……それは、まさに日本独自の海洋文学と言える。

003
バカの壁
養老孟司
話が通じない相手との間には何があるのか。「共同体」「無意識」「脳」「身体」など多様な角度から考えると見えてくる、私たちを取り囲む「壁」とは——。

新潮新書

005
武士の家計簿
「加賀藩御算用者」の幕末維新
磯田道史
初めて発見された詳細な記録から浮かび上がる幕末武士の暮らし。江戸時代に対する通念が覆されるばかりか、まったく違った「日本の近代」が見えてくる。

006
裸の王様
ビートたけし
この世の中、どこを見ても「裸の王様」だらけだ。政治、経済、国際問題から人生論まで、はびこる偽善を身ぐるみ剝ぎ取る。たけし流社会批評の集大成。

007
アメリカの論理
吉崎達彦
ブッシュはなぜイラク攻撃にこだわったのか。政権を取り巻くブレーンたちの動きを追えば、すべての疑問が氷解する。アメリカの本質がわかる注目の分析。